青年时代的作者（1）

青年时代的作者（2）

作者与夫人

作者与恩师林丙义

作者

作者剪报、做笔记

作者出席主题教育专会

作者做党的十八大精神主题宣讲

作者做“中国梦”主题宣讲

作者做制度建设主题宣讲

作者做改革开放主题宣讲

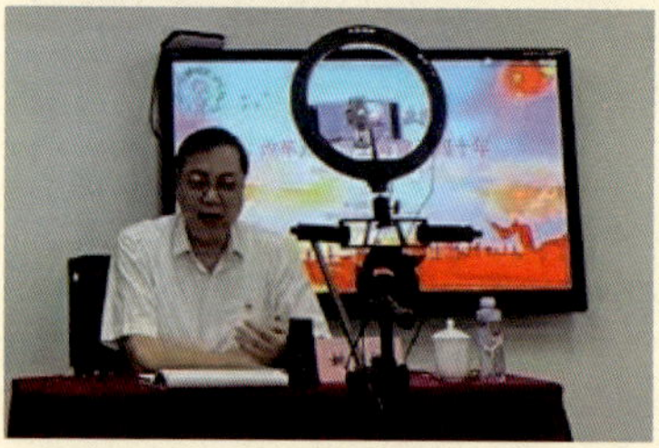

作者做主题宣讲在线直播

作者做“四史”教育主题宣讲

作者做党的二十大精神主题教育宣讲

作者做学习《党章》主题宣讲

作者做书法创作

作者著作

古今漫筆

姚文仪 著

上海社会科学院出版社
SHANGHAI ACADEMY OF SOCIAL SCIENCES PRESS

图书在版编目(CIP)数据

古今漫笔 / 姚文仪著 .— 上海 ：上海社会科学院出版社，2023

ISBN 978-7-5520-4202-3

Ⅰ.①古… Ⅱ.①姚… Ⅲ.①散文集—中国—当代 Ⅳ.①I267

中国国家版本馆 CIP 数据核字(2023)第 141018 号

古今漫笔

著　　者：姚文仪
责任编辑：赵秋蕙
封面设计：霍　覃
出版发行：上海社会科学院出版社
　　　　　上海顺昌路 622 号　邮编 200025
　　　　　电话总机 021-63315947　销售热线 021-53063735
　　　　　http://www.sassp.cn　E-mail:sassp@sassp.cn
排　　版：南京展望文化发展有限公司
印　　刷：上海万卷印刷股份有限公司
开　　本：890 毫米×1240 毫米　1/32
印　　张：8.875
插　　页：4
字　　数：195 千
版　　次：2023 年 9 月第 1 版　　2023 年 9 月第 1 次印刷

ISBN 978-7-5520-4202-3/I·504　　定价：58.00 元

序

姚文仪先生退休之后出版了三本著作。第一本文史随笔《梅岭集》由中西书局在二〇一二年十一月出版；第二本《梅岭续集》属随笔散文，由上海社会科学院出版社在二〇一九年一月出版。这些文字均有历史感与现实意义。

第三本书是姚先生二〇二一年一月，将他退休九年间在各区、各企事业单位、学校、基层党支部上“党课”的讲课提纲与教案，用简单介绍的文字形式一并呈现给读者与研究党的建设的专业教师。这本书题为《理论与实践——献给中国共产党百年华诞》，是他长年累月积聚下党史党建或其他一些科目内容的结晶，书很实用，题目与提纲十分鲜明。

我曾见到姚先生有关的几十本笔记与完整备课教案，一个题目装订成一本，全部相加有七八十万字。一个字一个字写成的教案，充分证明他在上海市委党校工作的近三十年时间里所累积起来的正能量。姚先生一朝一夕的文字积聚，当他一旦整理成理论文章，就能依此材料上讲台。九年中的二百六十多堂各门课程宣讲，受到了基层党员的好评与掌声，这是对姚先生付出长期心血的赞赏。

今天，姚文仪先生退休后第四本即将出版的著作《古今漫笔》打印誊清后的一厚叠文稿放在我眼前，我顿觉眼前一亮。

在他 67 岁出版第二本著作时，我称从年龄看他还是“小弟弟”，盼他不久将来再拿出新的文集奉献于社会。《古今漫笔》分为两部分：一、“文史拾零”，二、“长短闲谭”，循着他出版几本著作的足迹可见，他在历史系毕业后未放弃自己的专业。他在历史题材上的用功学习和思索更加真实确切，对近世走过的路途之中的点点滴滴踪迹考虑更细、思维更广。他曾对我说，作为一名知识分子要有创造性、发散性、批判性思维，而单一、直线型思维跳不出思维的狭窄框框。鲁迅先生作为一名思想家，在他的鸿篇大论中可见以上思维的三个性是多么突出和完整。鲁迅先生就是我们永远的前辈和老师。

我作为姚先生中古史的任课老师，彼此从一九七〇年代起已成为知己。平时，我们两三个月碰面一次，聚会时无论是饮茶还是喝酒，谈兴最浓的是历史、经济、政治上的心得体会。姚先生文章的特点是短平快，点题实用，一目了然，发人深思。他是一位勤奋好学、阅读面广、笔耕不止、尊师谦虚、爱党爱祖国爱人民的真正的知识分子。

顺便提一下，在二〇一九年五月初，我诚邀姚先生一起重新编修《中国通史》这部由教育部师范教育司组织专家审定的专业教材。我请姚先生编修下册第三版《中国通史·中华人民共和国时期》一书，经他一年时间的刻苦努力和辛勤笔耕，反复数稿，因篇幅所限，他写了十六七万余字，按要求出色完成重新撰修任务。现在这部上、下两册的《中国通史》正在高等教育出版社审定准备出版。

本人曾于二〇一六年一月经上海书店出版了《口述历史》，

书中我写到对学员们的研究和写作能力的培养，我特别对姚文仪先生有一段评论，现抄录于下，作为序的结束语。

由于我重视对学员研究能力和写作能力的培养，有些学员在毕业以后，还时常为“写论文”事登门求教。我们历史系1995届本科班学员姚文仪，他学习认真，特别对我的讲课很感兴趣，我还指导过他的论文写作。他从教育学院毕业以后，到上海市委党校、上海行政学院研究生部工作，一直与我保持着联系。在我的指导下，他利用当年听我讲课的笔记、印发的资料，继续进行钻研，撰写了《14世纪中期至17世纪中期中西方社会发展之比较》一文，约14 000字。这是一篇颇有学术价值的论文，发表于《社会科学》杂志2006年第11期上。此外，姚文仪还利用业余时间，撰写了有关文史、政经等方面的文章，约有五十多篇，其中有不少是在我的支持下写的，这些文章大多发表在报刊上。退休以后，他赋闲在家，把这些文章经过挑选，汇编成册，编成《梅岭集》一书，并于2012年11月由中西书局出版，他还请我为此书作序。

作为教师来说，最大的喜悦莫过于看到自己学员的成长提高。祝贺姚文仪先生《古今漫笔》一书出版。

林丙义

2023年2月

目 录

文史拾零

长短闲谭

文史拾零

观自在

暮春时分，辽国太宗耶律德光（公元927—947年在位），挥师南下，直达后晋京都汴（今河南开封）。时值阳光明媚之际，杜鹃鸣啼声声不绝。耶律德光十分好奇，问随从李崧，此声为何物所鸣？汉人李崧曾任官后唐、后晋，这次随军进入开封。李答："杜鹃。唐朝诗人杜甫诗'西川有杜鹃，东川无杜鹃，涪万无杜鹃，云安有杜鹃'，现在京洛也有杜鹃。"诗中西川、东川均在四川境内；涪万指涪州、万州，唐代时州名，也在四川省内；云安、四川云阳县；京洛即唐朝都城洛阳。

德光听李崧讲杜鹃诗后说："这样的大千世界，一个飞禽任它拣选地方，要生便生，不生时连后代也没有。佛经中所谓观自在也。""观自在"由梵文翻译而来，本意为观世音，因唐朝时人避讳"世"字，故略称为观音。玄奘译《心经》时改译成观自在，佛教大乘菩萨之一。

德光初入河南，闻听鸟语花香心情大好，在此用佛经中语言说此菩萨为广化众生，飞鸟朝鸣即示种种祥瑞。可见由自然界种种广生引辽军入主中原之决心。李崧也官拜太子太师，辅政于耶律德光，后卒于后汉。

（原载2021年3月16日《上海老年报》《文史》栏）

《观自在》续篇

本人短文《观自在》被刊登于2021年3月16日《上海老年报》。公元九百余年，辽国太宗耶律德光已解释了佛经中“观自在”为何意，本人是同意此解的。本篇转向一衣带水邻国日本，佛教既经传入东洋，然日本知识界对《心经》中“观自在”又作何解？

中日友好使者、中日同传、摄影家、双语主持张颖女士的译著《一幅画看日本》介绍滋贺县立近代美术馆藏在1968年展出《观自在》画，由小仓游龟所绘。小仓游龟（1895—2000），日本大津市人，她在1926年凭借作品《黄瓜》首入美术院展；1932年成为日本美术院最高级别艺术家；1935年开始在修行道场报恩会修行，第二年辞去教职专注画业；1938年与小仓铁树结婚；1955年《裸妇》获日本艺术选奖文部大臣奖；1980年获日本文化勋章，直至105岁逝世。

小仓游龟曾在1966年画《菩萨》并写了说明。原本想画一个年轻男性形象的观世音，表现其一心虔诚求道，但总感觉还差太远。而《观自在》画中菩萨已完成修行，进入自由自在境界，所以脚就离开了莲花座。唐玄奘在《般若心经》中将“Avalokitésvara”翻译为“观自在”，而鸠摩罗什在《观音经》中已将其译为“观世音”了，所以，可知中日佛界均解释“观自在”菩萨就是观世音菩萨。

《般若心经》在中国流传极广，可谓家喻户晓之经典，而道教中亦以之为课诵及法会上常用之经典，而《心经》的宣讲，历来批注讲解极多。观中日共同之点最为难能可贵即讲的真实心，全文虽短，而法义却面面俱到，说真实心、实相心，也涉说众生的妄心，妄心人之皆有依附于他法才能生存，是生灭无常，所以文中才说“诸法空相”。

本篇不是宣扬众客均去学佛念经，而是探讨中日佛教及历久常传的中日单一《心经》作解的共同点，达到中日文化、艺术、思想的交流。见图中观音菩萨左手持莲花，右手提瓶；胸前的红莲与萨唇相映成趣，仿佛有阵阵芬芳散过。日本做法事时，佛教各派会唱念《般若心经》，这与中国佛界相仿。第一句是“观自在菩萨”，“行深般若波罗蜜多时”即说观音解脱空慧，到达彼岸大智慧。而释迦牟尼弟子“舍利子”问：“究竟应当怎样修行?”观音回答：“色即是空，空即是色。”这是《般若心经》的主要内容。

至少有一点毫无疑问，中日佛界及知识界关注的是再现于众生心，均着眼于人的真实心。先不论观音是男或女，亦非本文探究之要点，而从日本小仓游龟这幅观自在画与中国各界的解释已十分合拍，而近现代中日画家们不被时代所忘却的，正是充斥着现代艺术的时代，描绘的内容、题材各有特性，而对普度众生，受人膜拜的菩萨正面的生气与英姿仅作为草木万物丛中求道先行者的菩萨所描绘的相同性、统一性，其眼识是“遍一切处”。

《红楼梦》中的柳絮词

《红楼梦》由曹雪芹作了八十回，到七十回时，已见贵族园中的颓丧心境，暗示了大观园中没落之气。盛景时园中起诗社，佳多诗词宣示了府中腾达景象。而最后一次园中诗会，参与者纷纷借喻飞扬的柳絮作词，写出了荣宁两府凄凉不祥的预兆。

书中话说剑刎了尤小妹，金逝了尤二姐，凤姐又病了，李纨、探春料理家务又不得闲，接着过年过节，杂事纷繁而将诗社搁起。那天，史湘云对黛玉讲："这几日咱们总没有填词，你明日何不起社填词，岂不有些新鲜?"黛玉听后也有了兴致，时值暮春之际，见柳花飞舞，于是两人拟"柳絮"为题，并限出几个调来。柳絮词便树起特色，倒也别具一格。

史湘云起头作了调寄的《如梦令》："岂是绣绒残吐，卷起半帘香雾，纤手自拈来，空使鹃啼燕妒。且住，且住！莫使春光别去。"《如梦令》词牌名，相传为后唐庄宗自制曲，单调，33字，仄韵。这首词解释为：刚吐出的白絮有这么多被风卷起，半个窗帘散发出了清香的气息。伸出纤纤手来，轻轻捉住柳花飞絮，不理会啼鸣的杜鹃和嫉妒的燕子。柳花停住，停住！不能将春光随你飞去。大家见了湘云词称赞一通。旁边探春拈得《南柯子》一首，看着那计时的插香已将燃尽，才得半首："空挂纤纤缕，徒垂络络丝，也难绾系也难羁，一任东西南北各分离。"《南柯子》最早是唐教坊曲名，后改为词牌，又名《南歌子》《春宵曲》《风蝶令》，有单调、双调两种。此首半阕释为：纤细的绒毛，沾挂缠绕的细丝枉然下垂。无法拴住它，更无法拘束住它，只能凭它东西南北，各自分离随意飞去。此时，贾宝玉也刚巧凑成半阕："落去君休惜，飞来我自知。莺愁蝶倦晚芳时，纵是明春再见隔年期！"此半首词解释为：飞花飘落下，你不要可惜。何时再飞来只有自己知道。如今黄莺忧愁，蝴蝶飞倦的暮春时节，便是到明春再见——也需要有一年的约期。

众人转身急忙去看林黛玉那首《唐多令》，双调，60 字。"粉堕百花洲，香残燕子楼，一团团逐队成逑。飘泊亦如人命薄，空缱绻，说风流。　草木也知愁，韶华竟白头！叹今生谁舍谁收？嫁与东风春不管，凭尔去，忍淹留。"在座各位看后，认为太悲切一点。此词解释为：百花洲上柳絮花随风飘，燕子楼还残留着芳香。白绒一团团相互结成球。飘泊四处也像人那样的苦命，难舍苦命没用，更不要说过去的风流往事。　草木也知忧愁，这么年轻竟也白了头。人生可叹，有谁留你或把你收去了？结伴东风而春光却不会管你，任凭你到处流离，不忍心却无法使你停步在人流中。随之，众人挤在一起看了薛宝琴的《西江月》："汉苑零星有限，隋堤点缀无穷。三春事业付东风，明月梅花一梦。　几处落红庭院，谁家香雪帘栊？江南江北一般同，偏是离人恨重。"《西江月》词牌名，唐教坊曲名，双调，50 字，又名《步虚词》等。唐五代词本为平仄韵异部间协，宋以后词则上下阕各用两平韵，末转仄韵。此词意为：汉苑中的柳絮仅零零星星几朵，此时点缀隋堤上的飞花却无穷尽。春天的繁华已被东风送走，月光照着梨花像是不能重返之梦。　院落中到处飘落着红色的花瓣，又是谁家窗帘下沾着清香的白绒，江南江北一样晚春的风景，为此悲伤只是因为离别之情太浓！众人笑称宝琴词中“几处”“谁家”两句最妙。宝钗笑道：“终不免过于丧败。我想柳絮原是一件轻薄无根无伴的东西，依我的主意，偏要把它说好了，才不落套。所以，我诌了一首来，未必合你们的意思。”座中各位均笑称：“不要太谦虚了，我们都赏鉴过了，自然是好词。”转看薛宝钗手中那首《临江仙》：“白玉堂前春解舞，东风卷得均匀，蜂围蝶阵乱纷纷。几曾随逝水，岂必委芳尘。　万缕千丝终不改，任他随聚随分。韶华休笑本无根，好风频借力，送我上青云。”《临江仙》也是唐教坊曲名，后用为词牌。以咏水仙的原曲为多，双调，58 字或 60 字，皆用平韵。宝钗这首词意为：白玉堂前的春光，最懂怎样才能舞动，东风把柳絮吹得飞舞，撒得漫天均匀。引来蜜蜂，蝴蝶乱飞，何时能随水流远去？又为何要坠落在清香的尘埃中？　飞花千丝万缕连在一起，将终不能改变，任期随处飘游，不管是聚还是分，春光不要笑我轻狂无根，凭借东风的力量，送我上青云。

大观园中累年的波涛汹涌，正面临“三春事业付东风，明月梅花一梦”，预示风光无限的荣宁两府好景易逝。柳絮词巧应白海棠诗、菊花诗那样，用艺术加工笔法、精美抒情方式粉饰着大观园中的繁花似锦，又终将打上了封建阶级的印记。蹲在宅第门口的两只石狮子静静地看着百花园中的变化。林黛玉《唐多令》中显露孤立无援的痛苦，捉摸自己的命运将似柳絮那般，最后“谁舍谁收”，词中有多少悲切之感。

探春与宝玉的《南柯子》中“莺愁蝶倦”时，“东西南北各分离”的命运在前方等着他们。薛宝琴和史湘云的词中则另一番婉转凄凉地展示出一种前所未有的迷茫心情。经过各人对飞絮的描绘，点醒大观园已处人心涣散之状。后人阅读到的柳絮词成为《红楼梦》全部诗词中重要的一个组成部分。复吟之后真切感受到荣宁府院已处日落时光，这一点正是《红楼梦》中明明白白的精彩之笔。

（原载2021年2月9日《上海老年报》《文史》栏）

萝卜即佛

日本江户时代出了一名画家伊藤若冲（1716—1800），他是京都小路的果蔬批发商，25 岁时才学画。代表作有《鸟兽花木屏风图》《群鸡押绘屏风图贴》，彩绘挂轴《动植彩绘》《百犬图》，还有水墨挂轴《付丧神图》《白象图》，还有金阁寺（鹿苑寺）大书院的障壁画，长卷《菜虫谱》。若冲画家 40 岁时将家业让给弟弟，醉心于作画终成名家。

在日本京都国立博物馆藏有一副伊藤若冲 18 世纪之作《果蔬涅槃图》，经在日本十余年的中日同传、撰稿人、摄影家、双语主持张颖女士翻译日本作者高畑勋《一幅画看日本》（书中介绍日本 30 幅画），张女士对第十三幅画起了一个十分恰当的译名《萝卜即佛》。倘若了解江户时代日本诸民当时的饮食文化，从此画中可见常用的蔬果在画中描绘极细微。画中有菊花、葫芦、栗子、红芜菁、芋艿、茄子、黄金瓜、和梨、洋梨、莲藕、苦瓜、柿子、白萝卜、豆类、竹笋、冬瓜、丝瓜、橘子、灯笼果、松茸、樱桃、百合、茨菇、山药、黄瓜、生姜、玉米等。若冲用浓墨淡笔勾画出 30 余种果蔬，大大小小、横七竖八、搭配有序，特别是一根白萝卜占据画中央福地，让人一目了然。那么画正中竹篮上横着的一根白萝卜究竟何意？

《果蔬涅槃图》寓有释迦牟尼涅槃的意思，一群水果蔬菜围在涅槃的双腿萝卜释迦周边伤心叹息着。画中物品及静物，仔细看了多遍，颇感若冲笔下的蔬果们都一个个鲜活起来，特别有生气！

这粗壮的白萝卜是释迦牟尼吗？是画家以比喻呈现江户时代幽默且十分另类的涅槃图吗？白萝卜比喻女子可否？观者开眼界的是作者若冲用精湛画艺，奇思妙想，用前卫风趣伴幽默构思了果蔬图，多看多思才恍然大悟。

中国译者张颖女士在日本工作与生活，她思维缜密，在译著的前言中，她在讲述画中具体内容时，尽可能地选择最为贴切的文字，力求精准表述作品的细腻。译著第 13 幅画中并没有讲双腿白萝卜是位女子，她介绍今人佐藤康宏最新研究成果，若冲母亲在 1779 年去世，画家为祈祷母亲成佛和家业昌盛作了此画。特别补充说明，当时日本居民有向大黑天供奉双腿白萝卜的习惯。知此深意，我才了解自己在日本看到的白萝卜之画中深意何谓。原来大黑天乃佛教的护法神，乃专治疾病之医神与财富之神，画中体现出若冲这位佛教徒极其虔诚的愿望。或许一方面祈祷母亲成佛，更表达一种草木国土皆成佛这一超佛教衍生至今的思想。深研后悟出萝卜就是指白萝卜，而日本禅家言白萝卜即是佛。若冲画师笔下的所有花草鸟兽，果木鱼类等所有动植物在大自然中充满超越现实之况，有其不可言语的生命力。

伊藤若冲画师之作解除了我多年看画时迷茫不知其意的尴尬状，更感谢中日友好使者张颖女士的译著，使观画人欣赏每一幅耐看精美之作时，能够汲取日本文化艺术精华而感到增进知识的愉悦。

曹操颁布的禁令

东汉末年，连年军阀混战，各地豪强地主在镇压黄巾军时，纷纷组织自己的武装，形成了大小不一的割据势力。当时，势力最盛的是袁绍和曹操，袁绍占据黄河以北大片地盘，而曹操以己远见“挟天子以令诸侯”，在政治上优势于袁绍。

建安五年（公元200年），袁绍亲率十万大军南下进攻曹操，在官渡（今河南中牟北）相持半年，曹军仅两万余人，用五千精兵夜袭袁绍的后方乌巢，烧尽其粮草。袁军人心浮动，曹军击败袁兵，袁绍率八百余骑兵败逃河北。这是历史上有名的以少胜多的官渡之战。

曹操是东汉末年有名且十分智勇的政治家、军事家。官渡之战后，建安十年（公元205年），曹操根据当时战乱及经济不景气，人民生活困苦，且贫富差距加大之况颁布禁令，谓天下彫弊，下令逝者不得厚葬，禁止立碑。此事在南朝梁沈约《宋书·礼志》上有明确记载。这一禁令出台实质上打击了豪强的气焰，如再有人死后树碑立传，为己歌功颂德，就与百姓形成了一种格格不入的状况，禁令实际上为恢复百姓对魏的政治信任和提振经济起到了作用。

这一项禁令影响很大。豪强虚伪，伤财害人，人为制造官民不平等，但死后不能立碑。按《集古》《金石》《隶释》《隶续》等书记载，魏时高贵乡公，如大将军参军太原王伦死后，其兄作“只畏王典，不得为铭，乃撰录行事，就刊于墓之阴”绝不敢立碑，足见当时禁立碑尚。

当然，以后几年又反复禁弛交替，建安十四年益州太守高颐立碑，绥民校尉熊君立碑，横海将军吕君立碑等均在禁令之后。换朝后晋武帝司马炎咸宁四年仍颁诏：“石兽碑表，即私褒美，兴长虚伪，伤财害人，莫大于此，一禁断之。其犯者，虽会赦，皆当毁坏。”这一号令要到元帝大兴元年，此禁才逐渐松弛。

曹操 205 年所颁此禁令，虽后人不能一以贯之，但是在当时起了些作用。今天我们翻看此史料，也有不少感叹。

（原载 2022 年 11 月 11 日《上海老年报》《文史》栏）

唐太宗逸事三则

一

唐贞观中期，西域朝贡时献上一胡僧，讲明只要此僧一念咒术就能让活人变成死人。唐太宗李世民不相信，想一试胡人妖术，即令在飞骑兵中健硕壮勇之士试一下。试下来真的一忽死去，再咒又活了过来。

李世民以此奇事告诉太常卿傅奕，太常为九卿之一，掌管宗庙礼仪，兼掌选试博士。傅对太宗帝十分肯定地说“此术邪法也，臣闻邪不犯正，若使咒臣，必不得行”。李世民马上召见胡僧做法咒傅奕，傅奕泰然处之，没有什么感觉。一忽儿，胡僧自己突然倒在地上，像被人击中的模样，自此不能复苏。此奇事在唐朝野史中多有记述，可见当时或真有此事。

二

唐初大将尉迟恭（字敬德）助李世民发动玄武门之变夺取帝位，深得李世民赏识。那天，李世民对尉迟恭讲：“朕想将女儿嫁与卿，你可中意否?”敬德连连称谢并答：“臣的老婆虽然鄙陋，但总不失夫妻之情。臣每闻古人语，富不易妻，是仁者也。”又言“臣十分窃慕这样的君子，所以，请停圣恩”并连连叩头推让。李世民嘉之敬德而就此中止了嫁女之事。

三

唐初梁国公房玄龄文才了得，曾受诏重撰《晋书》。太宗十分赏识房玄龄，且知晓其夫人乃妒妇一个。遂欲强赐美人给房玄龄，而房玄龄屡屡坚辞不受。帝乃令皇后召此妇人，告诉房玄龄家那位妒妇，皇帝要赐美女给你丈夫，并称这是习惯常事，不要辜负皇帝优诏之意。可妒妇执心不改，就是不同意。太宗帝对妇人讲："如果你改过不妒了，就可免你一死，而宁妒就要你死。"妇人答曰，"妾宁妒而死。"太宗遂遣卮酒与之。"若果然如此，则可饮此。"妇人接杯一饮便尽，但完好如初，一点没有被难倒。唐太宗对房玄龄讲："我尚且怕见此人，何况于玄龄。"试妒妇事有之，但纵观唐之后野史均不见妇人饮醋之事，或者是后人为精彩情节而借"醋"议事罢了。

西晋王朝由盛转衰的原因

公元 265 年，司马昭之子司马炎废魏帝而建立晋朝，仍以洛阳为都城，280 年西晋灭吴国，统一全国。

西晋王朝依靠世家大族的支持而取得政权，所以司马氏立国后竭尽全力保护世家大族利益。而西晋由盛转衰的原因也与世家大族有关，具体说有三点。

首先，在选拔官吏的标准上，弃用“人才优劣”选拔官吏，而只论门第。“高门”与“势（世）族”子弟列为上品，世代任官，从中央到地方任官的全是这些子孙，史称“士族”。而豪门之外没有列入士族的平民称为“庶族”，寒门子弟永无出头之日。士族与庶族之间阻止了社交往来，更不能通婚。士族阶层为保持本族的特殊地位，人为造成两个阶层之间的严格界限，最终形成士族门阀制度。

其次，西晋的官僚阶级还享有占田霸农的特权。当时，一品官占田 50 顷，荫佃客 15 户；一品至九品官职按级别占田霸农不等，最低官职也能占田 10 顷，荫佃客 1 户。被荫佃户不在府中列立户籍，不向官府纳税服役，其地位与东汉的徒附相类似，士族统治集团内部争权夺利，霸田占民外纷纷扩充自己的财富和地位。司马炎害怕士家大族像曹魏那样夺取政权，便把众多皇室子孙分封为诸侯王。

晋武帝死后，其身患疾病的白痴儿子惠帝继位，根本没有治国理政能力，最终形成长达16年之久的国内混乱局面。司马皇族中有八王先后卷入这场战争，史称“八王之乱”。将国家搞得一团糟，严重削弱国家的政治、经济基础。

再次，又发生了严重的自然灾害，连年防灾不力而导致天灾人祸合聚一起，广大农民只能放弃祖辈的耕地而背井离乡。民不聊生迫使广大流民为生存而频发武装起义，用造反起义打击了西晋封建门阀政治制度。而另一方面，锦衣玉食的士族子弟却享尽荣华富贵，夸耀门第，自视清高，腐化堕落，根本不堪任用。

西晋的士族门阀制度有浓厚的封建剥削残害农民性质，这一腐朽制度延伸至东晋，更是有过之而无不及。随着东晋大将刘裕夺取政权自立为宋，自此南方经历了宋、齐、梁、陈四个朝代，在建康建了都城。据梁朝颜之推所著《颜氏家训》记载，士族子弟考试时，不懂经书而雇人答卷；参加公宴，要求大家赋诗时，只能委托他人代笔；这些人身穿宽大的华服，脚穿高底木屐，身体虚弱，弱不禁风的样子又不敢骑马，出门要坐长檐车，下车还要人搀扶。当时，有一官员建康令王复看到马打喷嚏，踢跳奔驰时，硬说这是老虎。至梁朝末年，门阀士族下的子孙越来越不像样，只管享乐，不求他图。当侯景叛乱攻入建康，许多士族跑不动，逃生不能，就只能穿着华丽美艳服装，怀抱着珍宝伏在床边等死。

士族快速衰落，庶族在政治上起的作用则越来越重要。庶族子弟以武职为升官阶梯，参加军队当兵改变自身命运。立了军功掌握军队大权后，进而向上层政治集团迈进，担当要职而在政权中占上一席之地。西晋建国共52年（公元265—316年），时间虽短，但历史上所发生的事情不少，而逆历史的士族门阀制度向东晋漫延。从西晋由盛转衰原因可见这是历史必然。

李悝为相作《法经》

春秋战国群雄四起，各国大兴改革之风。国家要振兴走富国强兵之路，除战争外，就是图变革。春秋末年，晋国新旧势力展开反复激烈斗争，最终形成了 3 个割据势力的国家。公元前 403 年，韩、赵、魏正式被周天子所承认。魏国为立足图强而最早实行有效的变法。

魏文侯任用李悝为相，在经济和政治上开始变法，李悝最大的贡献是采用其他诸侯国颁布的法令为参考依据而作了一部《法经》，内容以保护地主财产和生命、保护王权和加强专制主义为中心，促使魏国成为战国初期强盛之国。《法经》作为国家的一部实用性法典，对当时维护地主阶级利益起了很大作用。《法经》据传有六章，遗憾的是已失传，后人也无从考证，但它是两千多年前中国最早一部由国家制定的成文法典。

李悝变法的最终目的和措施“行之魏国，国以富强”是为缓和阶级矛盾，打击奴隶主而让魏国不失去大量劳动力，不让平民百姓流失逃向他国。特别在经济上“尽地力之教”，即尽全力发展农业，鼓励农民耕作，起了一定效果。同时颁行“平籴法”，即在丰年时按平时价格收购粮食储存起来，在灾年或歉收时也按平时价格出售粮食，稳定粮价实际上是稳定了人心，上下一起度荒年，保护了农村经济就达到了稳定和维护国家利益的目的。

李悝变法最有效的是废除世卿世禄制度选贤任能，在保护王权的前提下加强了封建专制主义，奖励对国家有功之人。“食有劳、禄有功、使有能、赏必行、罚必当”，在王权引导下用人得当，使得各方志士能人纷至沓来，变强盛也意味着奴隶贵族阶级必将消亡，这一点正是魏国变法进步之处。

在魏国变法 40 余年后，楚国吴起变法，再过 40 余年齐国邹忌变法，韩国申不害变法，直至最为成功、最彻底、最全面、影响力最持久的秦国商鞅变法都受到了李悝变法的影响。《法经》起了很大作用，这一点在几千年里，后人的评价和著述中得到了充分体现。

隋文帝与“大索貌阅”

公元 581 年，隋朝开国，史称开皇元年，隋文帝杨坚执政。他一上台就沿用北齐时的均田制，曾三次诏令推行均田制，以稳定农业经济，遂使国力强盛，据马端临《文献通考》记载：“古今称国计之富者，莫如隋。”

隋文帝在位初励精图治，勤政事，倡节俭，依靠名臣辅佐政事，推行一系列改革，在制度上开创新意。

其一，583 年（开皇三年）改定《开皇律》，对汉魏时定的法律制度作较大改动。新律废除前代枭首与车裂等酷刑，设立笞、仗、徒、流、死五刑，并改死罪 81 条，流罪 154 条，徒、仗等罪行千余条。新刑律仅 500 条，是原北周律二分之一，南梁律四分之一。直至唐朝时，还以《开皇律》为依据修订成唐律。唐朝吏官皆称隋律“刑网简要，疏而不失”，可见隋律对当时的执政起了作用。

其二，简约地方行政机构并加强中央集权。特别是对地方行政控制，初创三省六部制，规定九品以上地方官一律由中央吏部任免使用，每年吏部还要考核各级官员。地方上任用官员不能用本地人，一律用外地人，且必须三年一轮换。隋文帝的任官制，使得世族豪强掌控地方行政大权状况大大改观。同时废除九品中正制，冲破门阀等级限制，形成文士出任官吏的开科考试选拔官吏制度。

其三，585 年（开皇五年），隋文帝诏令“大索貌阅”。地方由州县官吏大规模一家一户检查户口，按照户籍上登记的年龄和本人体貌进行核对，检查是否谎报年龄、诈老诈小。查实应纳税并需负担徭役的人口，史称“大索貌阅”。如有欺诈与人户不实要严加处罚。核定查出 44 万余名壮丁，160 余万人新编入户籍人口。隋前期又实行“输籍定样”，把划分户等标准颁行至各州县，作为征发差役、规定赋税等级标准的依据。使一些豪强隐庇的“浮户”转为国家所掌控的编户百姓。户籍制大大增加了政府赋税收入，隋朝的兴盛同“大索貌阅”有很大的关系。

隋文帝时还实行府兵制度，兵士成为职业兵，军籍不受州县官管辖。家属随营成军户，不属民户；而家属中人均可以按均田制受田。隋朝的统一与各项改革使其强盛延至二世隋炀帝。

历史见证了隋朝仅存在 38 年（公元 581 至 618 年）。一个初见繁荣之国很快就消亡了，其中，除隋文帝生性刻薄爱猜忌、独断专行、精于搜刮民脂民膏外，与其性格中的急功近利、喜怒无常有关。史家常言，隋朝虽亡于隋炀帝之手，而祸根早在文帝时就埋下了。

（原载 2023 年 5 月 9 日《上海老年报》《文史》栏）

评《宾退录》

20 世纪 80 年代，上海古籍出版社出版了一批唐、宋、元、明、清乃至民国的笔记丛书，其中宋元丛书很精彩。据《宾退录》前言作者齐治平 1981 年 8 月记，此书由南宋末年赵兴时撰写，他字行之，一字德行，是宋太祖赵匡胤的七世孙，进士官丽水丞。

前人称《宾退录》“包罗今古，抉隐发微，有耆儒硕生所未及”，又称“可为《梦溪笔谈》与《容斋随笔》之续”，更甚以为“宋人杂说之最佳者”，此书价值全在前人的评价之中。

古时文人以文言为篇，字简意赅，寥寥数言、精致恰当、行云流水。赵兴时的《宾退录》有几个特点。

第一，实。赵兴时是一名有思想且爱国之士。书中赞扬岳飞，揭露秦桧。而对王明清所记宗泽把定武兰亭石刻进献宋高宗一事，他认为“宗忠简守汴，日夕从事战守，且其天资刚正”，而绝不会“为人主搜罗玩物于艰难之时”。

实即实事求是，丁卯分明，不作虚假。孙觌作《莫俦墓志》，同情投降派，诬抗战派的言论，赵斥为“欺天”“谀墓”，表明其正义感与明辨是非，不人云亦云，持一种善恶分明的批判态度。

第二，熟。以两宋典章制度和遗闻逸事之多，作者所记却能如数家珍、翔实可信。而引述他人著作往往以类同相从，罗列众说必有抉择。如关于对王安石的评论，他详引陆九渊《王荆公祠堂记》，指出陆的“议论尤精确”，这反映了南宋人，特别是作者本身，对新旧党争，熙宁变法之见决不随人所云，对历史人物一分为二，确切评论步步到位。赵书中还有不少整理的经济史料，考证历代酒价、产茶地变迁以及朝朝岁贡等，都是将熟悉史料总结归纳，值得后人研究。

第三，广。赵兴时读书勤奋且细心，著述态度谨严慎重。他是理学家，对文学批评看似非其所长，但他有《甲午存稿》，也曾有不少诗词创作，并有诗评。对他人诗评如有人论及杜诗，以为其妙处在于一句能说四五件事，能说半天下、满天下。赵反驳：以此论诗，浅矣！杜子美之所以高于众作者，岂谓是哉？若以句中事物之多为上，则必皆如陈无己“桂椒柟栌枫柞樟”之句，而后可以独步，虽杜子美亦不容专美。若以“乾坤日夜浮”为满天下句，则凡句中言“天地”“华夷”“宇宙”“四海”者，皆是以当之类，何谓无也？赵此论可见闳通，并不迂谬。

赵研究之广，在《宾退录》中随处可见，他的议评广度从《诗经》《史记》《山海经》起，特别至《廿四史》中如《宋书》《三国志》及《吕氏春秋》等。尤以苏东坡说开之事就有不少记述，都十分精彩。书中还提到不少逸文，真可谓“录”事之书，使后人了解到不少存疑之处，对考证和研究大有裨益。

笔记丛书是散文一种，随手笔录，又是不拘一格的记述文字。中国自宋代以来，凡杂记见闻，人、事、物之类也用此体名。当今，人们可以此为样式，短小活泼，借情而发，叙议并举，不失为一种可以重拾的文体，希望随笔类文字可以多见诸报刊，幸事一桩。

读《清异录》随记三则

一、天禄大夫

隋炀帝时新丰人（今陕西临潼）王世充任江都郡丞，因镇压农民起义军有功而升为江都通守，后被瓦岗军所打败。公元618年隋炀帝病死，王世充即拥杨侗为帝。公元619年废杨侗自立为皇帝，年号开明，国号郑。公元621年兵败后降唐，到了长安被仇人所杀。

王世充僭号时，对群臣讲："朕日理万机，有成千上万军国大事要处理。所以，凡辅助朕者，唯以功赏酒也，立功者封'天禄大夫'且永享此淳厚美德。"至此"天禄大夫"之称被善饮酒者一直沿用。

二、金相大丞相

后唐庄宗李成勗，见地方上送来新鲜橘子，兴起举行小规模宴饮，他命宫内伶官（乐人）以橘子为题做诗助兴。有一乐官唐朝美很会写诗，即时口占一诗："金相大丞相，兄弟八九人。剥皮去滓子，若个（指哪个）是汝身。"庄宗听后大笑，将自己御用的金质酒杯赠与唐朝美。

三、黑凤凰

隋唐时，礼部是六部之一，掌管祭享之事，凡礼仪、贡举等专属其管，礼部郎中康凝是个怕老婆的人。一次，妻子生病后需求乌鸦为药。天气寒冷积雪未消，康凝网捕多日逮不到乌鸦，妻子大怒鞭打其夫康郎中。康凝没办法只能踩着泥泞再出家门，用谷物吸引乌鸦来觅食，后总算逮住一只。此事经传到尚书省同僚（礼部属尚书省）刘尚贤耳中，即戏称康凝："圣人以凤凰来仪为瑞，君获此免祸（意指得到一只乌鸦，可免泼妻捶击），可谓黑凤凰矣！"

后人将乌鸦称为黑凤凰，原来还有此故事。

方言入诗

当今写诗词者甚多，从小学生到老年人。有人自费出诗集，参加某某诗社、诗会者也不少。个别人写了不少打油诗，传来传去自我欣赏未必不可，真可谓自娱自乐，只要有人看就可以了。

那天，有长者对我讲，某人总用“不入调”方言入诗，众看家均言减少了成色，我一时语塞。过后我一直想弄明白做诗禁忌中有无方言不能入诗的规矩，但苦不能求证，更不能向友人说明白。

近日，随手翻阅南宋人费衮所撰笔记《梁溪漫志》。内有一篇《方言入诗》短文，现抄录以示诸位读者。“方言可以入诗。吴以八月露下而雨，谓之淋露；九月霜降而云，谓之护霜。竹坡周少隐有句云：‘雨细方淋露，云疏欲护霜。’方言又有勃姑、鸦舅、槐花黄、举子忙、促织鸣、懒妇警之类，诗人皆用之。大抵多吴语也。”依我愚见，古人做诗也可用方言入诗，反观方言中有不少前人约定俗成的语言，经过千百年锻炼而成，特别南方方言中，不少文风朴实严谨，使诗情、诗景、诗意更贴近生活，平添不少趣味与真实感。今人又为何不可用方言入诗呢？

现在，各级学校、大学中文系、老年大学中教授诗词格律的老师不少，不知对于方言入诗有何高见。学习写诗者或高手不妨也细细推敲，放手创作，思想不受束缚。一个诗词创作新腾飞期会在新时代呈现出一片灿烂光景。

读《麈史》随记三则

宋朝王得臣撰写的《麈史》是其晚年的笔记，涉及范围极广，内有经史、典章、制度、文学、地理、民俗等，其目的也很明了，即“自朝廷至州里，有可训、可法、可鉴、可诫者无不载”，真乃发扬了以史为鉴的传统。

一、治　家

《孟子》曰：“天下之本在国，国之本在家，家之本在身。”王得臣又认为：“身之本在言行。”《易・家人》之卦，象曰“风自火出，家人。君子以言有物，而行有恒”。且张全翁《能改斋漫录》卷四中讲了一件事：潞州有一农夫五代同堂，太宗帝在并州路过农舍，召其长者问之“你有什么道理维持家中安乐?”长者答曰：“臣无他法，惟忍耳。”太宗听后感到十分正确。

此则短文可见家庭和睦，长者以身作则，可忍则忍。五代同居矛盾会有，也不可避免，但只要个个忍让为先，人人能检视自身，看到他人的优点，家庭和和气气相处一舍，完全可以做到。太宗是否也已看到了这点，对治国理政有否启示。

二、知　人

春秋五霸鼎盛时期，齐桓公十分突出，国强却行甚污浊，因为能用管仲为相，治国精巧而已。管仲死后，竖貂任事，而卒于乱，实质上是贤不肖之损益可知己。

蔡文忠齐，大中祥符八年登进士第为状元。山东人贾同亦名士也，与蔡同州部，累往谒公，值公饮酣不得见，贾乃留诗一绝云："圣君宠厚龙头选，老母恩深白发垂，君宠母恩俱未报，酒如为患悔何追!"公因此戒酒。

三、湖北通志 卷一五一

王得臣，字彦辅，安陆人。甫成童，父命从学京师，师事乡人郑獬及泰州胡媛，又兴明道程子友，问学赅博，以文章名世。登嘉祐四年进士第，官至司农少卿。性嗜书史，至老不倦。自号凤台子。著有《凤台集》若干卷、《江夏辨疑》一卷、《古今纪咏集》五卷、《麈史》二卷。子渝官寿春令。弟邻臣，字光辅，以经行应诏，元祐二年赐第，未几坠马卒，年四十六。

俭朴为美德

中华民族传统中倡导俭朴生活，勤俭持家。元代孔齐撰写《至正直记》中有一短文《要好看三字》讲了古代人只为“要好看”三字却坏了一生。已有饮食、有鱼菜，却还讲简薄了，非要有肉菜不可。衣服有了些破损，只需补补足矣，却认为不好看，非要置办新衣。住房能居住待客即可，非要装修一新，虚费了许多财力。

孔齐讲先人穿的鞋子均要数年，破损后随时修补；穿一件白䌷袄要 30 年，终身没有丢弃；住的几间房舍仅避风雨，而今 10 余年未易居，乡里人皆讥讽他们而不顾。子孙们看在眼里，当以为法而效行。

俭朴是美德，古人常以此教育后辈子孙，成为中华民族几千年的传统美德。先人能做到的事情，今天人们生活在幸福当中能否做到有多少收入，量入为出，不要讲排场“扎台型”，不搞无穷尽攀比，始终牢记俭朴传家，福荫子孙。

上方山四诗绝唱

唐朝诗人孟郊（751—814），浙江德清人，50 岁时中进士，留存不少诗作。孟父当昆山县尉时，孟郊随父至姑苏上方山舣舟寺，欣然提笔做诗一首：

昨日到上方，片霞封石床。
锡杖莓苔青，袈裟松柏香。
晴磬无短韵，古灯含永光。
有时乞鹤归，还放逍遥场。

唐诗人张祜，原籍河北。游山时见孟郊诗，也兴起题曰：

宝殿依山险，凌虚势欲吞。
画檐齐木末，香砌压云根。
远影窗中岫，孤烟竹里村。
凭高聊一望，归思隔吴门。

张祜著有《张处士诗集》。

到了宋朝仁宗皇祐时，王荆公（即王安石）奉旨来相小事，到此地夜已深，持火炬去上方山，看到唐代两位诗人之诗。一夜之间有感而和诗成之，天亮后即回棹离去，见荆公诗曰：

僧蹊蟠青苍，莓苔上秋床。
露翰饥更清，风花远亦泉。
扫石出古色，洗松纳空光。
久游不忍还，迫迮冠盖场。

第二首：

峰岭互出没，江湖相吐吞。
园林浮海角，台殿拥山根。
百里见渔艇，万家藏水村。
地偏来客少，幽兴秪桑门。

后人定此四首诗为山中绝唱，常有后辈记起。

以明代《姑苏志》“楞伽山，一名上方山，海拔不到 92. 4 米”实乃一小山丘之类。据传有不少灵异鬼蜮之事，今人均不可信。多说一句，此上方山（附近是七子山）与北京附近上方山同名而不同地域，不能混淆。

东坡戴笠图说

当代人喜欢苏轼的诗词，更有人用书法将苏轼的诗句词赋装裱于客厅之中。本人见多位作画友人，画东坡先生戴簑笠之像。问我，我也不知何解，可心中存有此疑念。

《梁溪漫志》有一则《东坡戴笠》，讲东坡谪居海南少数民族儋耳时，一日外出会友恰遇大雨，他从农户家借簑笠戴之，又穿上木履而行，归户地时，妇人与小儿们边相随边笑苏轼的窘相，书中言犬群见之也狂吠不已，可想而知当时苏轼的样子十分可笑。

竹坡居士周少隐，即周紫芝（1082—1155），安徽宣城人，历经北宋与南宋神宗、哲宗、徽宗、钦宗、高宗五代，有文才，《全宋词》选有周少隐的22首词。他见人们评苏窘况后有诗云："持节休夸海上苏，前身便是牧羊奴。应嫌朱绂当年梦，故作黄冠一笑娱。遗迹与公归物外，清风为我袭庭隅。凭谁唤起王摩诘，画作东坡戴笠图。"可见，宋朝时东坡戴笠图诗已有之。

再讲一下"儋耳"。郭沫若先生曾不同意"儋耳"即少数民族部落喜欢戴大饰物，耳垂相连称"儋耳"。郭言："儋耳可省言为儋，则耳殆助语，有言无义，故儋耳并非垂大之耳。"这是郭老的意思。然非本文之要义，吾想到的是前人与当代人喜画东坡先生戴笠图，是否与本文前议相关与否？请各位方家一起讨论指正。

辨唐太宗臂鹞事

唐朝刘餗所撰《隋唐嘉话》中有一则云："太宗得鹞绝俊异，私自臂之，望见郑公，乃藏于怀。公知之，遂前白事，因语古帝王逸豫，微以讽谏。语久，帝惜鹞且死，而素严敬徵，欲尽其言。徵语不时尽，鹞死怀中。"此则言事中主要明示唐太宗及魏徵之事。

宋人费衮《梁溪漫志》也有一则《辨唐太宗臂鹞事》，抄录于此。"《通鉴》载唐太宗赏自臂鹞，望见魏徵来，纳之怀，征奏事，故久不已，鹞竟死怀中。按白乐天元和十五年献《续虞人箴》云：'降及宋璟，亦谏玄宗。温颜听纳，献替从容。及璟趋出，鹞死握中。故开元事，播于无穷。'则是宋璟谏明皇，非魏徵谏太宗也。乐天在当时耳目相接，必有据依，殆史之误；抑岂二事皆然，适相似邪?"

吾拙见，以宋人费衮之记述为正，想必包括《通鉴》等章节之中也有可商榷之处。在《隋唐嘉话》述太宗臂鹞事一则之后，唐太宗对房玄龄讲："以铜为镜，可以正衣冠；以古为镜，可以知兴替；以人为镜，可以明得失。朕赏宝此三镜，用防已过。今魏徵殂逝，遂亡一镜矣。"此处是宋人所记太宗之言，实只有崇敬之叹。

半夜钟声

《中吴纪闻》由宋朝龚明之撰。书中辩证了历史上有疑义的史实。公有公理，婆有婆理，后辈读者却要明白事实，反之成为将错就错了。譬如，《半夜钟》一文仅80余字，连同文后小字注释也仅102字，读后给人启示，很是感叹。

唐朝张继诗《宿枫桥》云："月落乌啼霜满天，江枫渔火对愁眠。姑苏城外寒山寺，半夜钟声到客船。"这首脍炙人口的诗，不仅国人喜欢，就连东南亚一带的外国友人也十分喜欢。姑苏城内字画店，此诗书法作品购者众多。

《半夜钟》上讲，过去总有人认为钟声是半夜响起"姑苏寺钟，多鸣于半夜。"此说未尽有推敲存疑之点。凡有识之士均知晓只有承天寺至夜半才有鸣钟，其余各处皆要到五更才鸣钟。此一辩证客观而又实在。寺院不扰民为理，哪有半夜船只到苏州码头，连连鸣钟之事。

这是诗人之浪漫处，各位读者解释诗中之句，讲明白可也。另外，《学林新编》中误将此诗作者传为温庭筠有误，不信即可，本人在此提醒一下。

笔记丛书之价值

20 世纪 80 年代初，本人喜好且注重购入 30 余本唐宋至清各时期文史方面的笔记丛书。在大学历史系读书时，又读了不少中外历史著作，加深了对历史知识的理解。而为开阔自己的视野，一直对古代笔记丛书有十分的兴趣。日久兴趣变成常态，没有在笔记丛书阅读环节上放松。

文史笔记丛书短小精炼，数十字或百多字就能说明一个历史遗留的问题，对浩瀚的历史史料可作补充性阅读。

第一，笔记丛书中将正史或某些文章中的精要和重要述及的观点、语句、有用的史实等内容摘要式的抄录。能为后人的科研、教学、研究式写作做准备，丰富、补充了教员的授课知识点。有理有据有出典，是我很感兴趣之因。

第二，心得式笔记，即像当今作者的读后感，有写作人的认知、体会、感想的抒发等。字数很少，语言却十分精辟。特别是札记式的文字中综合了古代人写作时的真情实感。给后人阅读时忆旧及适时思考问题留有不少思想空间。

第三，有许多注释，或正或反，或辨或改，或摘录注释或概括评论。寥寥几言几句很能说明问题。

第四，作者如是编修官员或文人墨客，有实情实感。因为了解当时的真况，离时离地不太久远，辨正式的文字结论或文句修订，留给后辈人的是真实可信的硕果，这一点也是不可否认的。

本人喜欢笔记丛书，有个别本子已翻得很熟。宋元笔记丛书中，《梁溪漫志》由南宋费衮撰，费衮是无锡人，幼承家训，博学能文。据《梁溪漫志》前言记载，清代人鲍廷博考证，费衮尚有《续志》三卷、《文章正派》十卷、《文选李善五臣注异同》若干卷。

《梁溪漫志》序言中，费衮自述撰此书“顾非有用之言，且非有所不得已，譬之侯虫逢秋，自吟自止。”在卷五《前言往行有所感发》中又云：“士大夫多识前言往行，岂独资谈柄为观美，盖欲施之用也。”此真肺腑之言，是书者实为抒发经世之志，故书中多涉宋世时政，发为论议。

此书借鉴可赞之处有四：其一，为辨述朝廷典章制度，除叙述详备，又可补正史之不足；其二，为记叙前人遗闻逸事，不失借鉴之处；其三，考证史实，为前人讹失之驳正，考证翔实可信；其四，品评诗画文章，有不少精细论及，为后人鉴赏诗画文章提供借鉴作用。

中国出版界很重视笔记丛书的刊印，实为知识群体做了件好事。特别是中华书局1993年版新编文史笔记丛书（全50册，萧乾主编）。其中，第一辑（1992年3月第1版）粤海挥麈，第二辑（1993年7月第1版）沽上艺文，第三辑（1994年4月第1版）史迹文踪。以上可为史家或专门研究者纵深探究历史踪迹服务。

（原载2022年6月28日《上海老年报》《文史》栏）

读《重读近代史》有感（四则）

十一年前，我退休后见书店有朱维铮先生著《重读近代史》，立即如获至宝，随之看了多遍。对此写出感想供阅读者共同探讨，并请指正。

对历史分期的区分

《重读近代史》（以下简称《重读》）对历史分期有了严格区分。我在读书时对中国近代史从“1840 年划线”就曾向教授此门课的老师提出过疑惑。教材的权威性将 1840 年作为近代史开端，呈现出普遍性与一律。而《重读》序言讲：1840 年线划定的古近历史分野，从开始便显出不合逻辑，这也是 1950 年代起，中国史学界的一大创举。郭沫若与一些有名的史学家也附和赞同以 1840 年起作为近代史的起始年开端。

《重读》言，自从 1950 年代学界腰斩清史，在人文社会诸学科都形成“近代史”那道 1840 年线，便如同“二战”前夜西欧著名的“马奇诺防线”。……凡道光十九年前一百九十五年的过程，称作“清史”，归属“中古史”范畴，而道光二十年之后七十年，则划归“近代史”，双方互不侵犯。……割断清史的 1840 年线，虽合一分为二原理，却同样没有阻隔两半清史各门派研究的上下沟通。

由高等教育出版社出版，经教育部师范教育司组织专家审定的《中国通史》（上、下册·第2版，林丙义主编）。在前言中明确述明，修订后的中国古代史部分，以中国古代文明的产生、发展、演变为线索，简要地反映中国古代各个时期政治、经济、文化、对外交往、社会生活等方面的发展状况，展示中国古代史的概貌。

此本教材的中国近现代史部分第1版出版时分“中国近代史”和“中国现代史”两个时段。在修订第2版时进行了更新，以“中国近代史（上）：晚清时期”，“中国近代史（下）：民国时期”，“中国现代史：中华人民共和国时期”分别立编，并据此设置章节。林丙义所编《中国通史》（上、下册）是作为高等院校小学教育专业教材使用。这样的分期体例明确而实际，真正符合让教材具有科学性和适用性。特别适用中、小学历史教师使用。

无论教师或学生，对中国古代史、近代史、现代史的分期划分都要做到心中有数。我们上大学时没有搞清楚或心存疑惑，又讨论不上的问题，读《重读》之后忽然明白，也是感想。

辨正落后挨打论

从中小学到大学或在阅读历史书籍时，总讲中国近代是落后才挨打，特别是两次鸦片战争是被洋人“船坚炮利”下，清政府才挨了打，又赔了银两使国力下降，这一论点在1950年代起就广泛传播开来。各种历史教材反复论及此点，那么《重读》是怎样讲明此问题呢?

朱先生辨正了“落后挨打”论。《世界经济千年史》（北京大学出版社2004年版，伍晓鹰等译）述及1840年鸦片战争前，即清嘉庆帝死到道光帝立的1820年，中国国内生产总值（GDP）仍占世界总份额的32.9%，领先西欧十二国（英、法、德、意、奥、比、荷、瑞士、瑞典、挪威、丹麦、芬兰）总产出和十二个百分点，更遥遥领先于美国（1.8%）与日本（3.0%）。

至此可见，各教科书中所言鸦片战争因为清廷缺资金，无国力才挨打，实不符合当时历史真相。正如《重读》中的观点，第一，当时中国经济并不落后，GDP仍居世界第一，便是证明。第二，当时中国对外并不封闭。如经济史家全汉昇等指出，中国是贫银国，但从明朝英宗正统元年（1436年）到民国24年（1935年），中国实行银主币制已达500年，那源源不断由日本、美洲流入中国的白银，渠道就在对外贸易。反例为康熙为对付台湾郑氏政权而实行“海禁”，当即导致全国银荒，通货急剧膨胀，而一旦征服台湾，撤销海禁，银贵铜贱现象迅即消失。第三，且不说汉唐，夹在蒙元、满清两大世界性帝国中间的明朝，疆域囿于长城以内，但初期有郑和七下西洋，晚期又有徐光启等南国士绅欢迎利马窦、艾儒略等洋人入华，彰显中国有识之士世界意识的觉醒，便反证所谓到鸦片战争时期中国才有人“开眼看世界”的说法有违历史。第四，单看逻辑，所谓鸦片战争是因中国落后才挨打观点行不通。在英帝国觊觎中华成为海盗之前，葡萄牙、西班牙、荷兰都不断从海上入侵中国，那都是因为中国“一穷二白”吗？否！恰好是因为中国比欧洲富。哥伦布地圆之说，为突破葡萄牙人限制，以为向西航行可抵达中国这个“黄金之国”，不想误打误撞“发现新大陆”就是显例。西人是选择了富国才走上掠夺之路的。

研究证明外国强盗是为掠夺中国这一“富国”，并非掠夺一个“穷国”。清中叶时，中国乃属全球首富，以后在世界竞争中迅速削弱，成为欧美与邻国日本等竞相瓜分的鱼肉。照朱先生之说，其历史原因，不正是在经济繁荣与政治腐败、社会黑暗的落差越来越大的中间吗？政治腐败与社会黑暗、政府无能是主因。我很赞同朱先生的辨正。

正史、野史、笔记及其他

20 世纪 50 年代，中华书局出版《明清史论著集刊》。书中议及近代史学家，在大学任教多年的江苏武进人孟森（1868—1937）论《清实录》，提出康熙、雍正、乾隆祖孙三帝，都对前代编年大事记的官修“实录”是“欲改即改”，积习已成惯例。而改《实录》成为清世日用饮食之恒事。此言真乃慨乎言之。

历朝历代官修正史，以朝内留底官方档案为依据，仍不能尽信，时有蛛丝马迹出现，会遭人非议。后为何有这么多野史、笔记、日记、函札、碑传、年谱、回忆录、西洋人之作等，多而杂，且记且写且评，真有不少大事可作为官方补充资料留存，这确是有言必述，不尽信官修史实之故。

清初期王夫之（1619—1692）曾任南明桂王政权行人司行人（外务事官），其著作《永历实录》言此小王朝上自太后，下至大臣多半皈依天主教。在太后控政时遣使节请求罗马教廷组织新十字军支持南明抗清，此类重大历史资料，不见一丝一毫文字，这样的“实录”可谓不实。可信否？当然野史中也有不可信的弊病。其实质是历代实录均有不实的通病，《清实录》如此，《永历实录》也有此不足，可见判断史料价值必须做到实事求是研究。

近读晚清笔记，如朱维铮先生文中所言，法式善的《清秘述闻》、《陶庐杂录》、昭梿的《啸亭杂录》、福格的《听雨丛谈》，三人恰为组成满洲八旗的三大族群，不必说三人的笔记内容有同一满洲特权群体内部的不同族类取向。三人中福格最无名，而 1959 年 12 月中华书局根据傅增湘藏稿刊发《听雨丛谈》才了解到咸丰、同治年间有这汉军旗人，是乾隆帝晚年大学士署直隶总督英廉的曾孙。朱先生为上讲台授课重读《听雨丛谈》，却意外发现福格对清廷官修体制也有以下批评：

今之撰大臣列传者，俱系翰林。翰林中又多江浙人，往往秉笔多存党异。大率重汉人轻满人，重文臣轻武臣，重翰林轻他途，重近省轻边省也。

福格说法属非权威的洞见，引前文而接着又有以下说法：

积习相沿，虽贤者不免。同一满人，则分文武，同一汉人，则分边内。同一边省，则分出身。同一江浙，则分中外。……撰叙列传，于爱之者，则删其谴责，著其褒嘉；恶之者，则略其褒嘉，详其谴责……

我们也不必苛求在写笔记或野史方面的长短不一，评头论足。或也是一孔之见。不过要记住朱先生之言："从学术史的角度来看，重典故而轻识见。重异闻而轻涵义，似为既有研究的一种缺陷。"本人愚见，实事求是，一是一、二是二，分清丁卯，不必"以论带史"，毕竟历史是时间推移下的公正。

肃顺其人

肃顺生于1816年，属满洲镶蓝旗人。其父郑亲王乌尔恭阿看上了貌美无比的一个回族富商的女儿，施诡计纳美女为妾，生下了肃顺这位庶子。

清朝从雍正起将满清君主体制转变成完全个人独裁的专制体制，而在乾隆帝长达64年的执政中，更将君主独裁体制法典化，这是史学界都知道的权力独裁而导致绝对腐败的清廷之弊政。

咸丰执政之后，贬了首辅穆彰阿和大学士耆英，挫败太平军解除了京师之危，其龙心大快，又与那些臭味相投的八旗纨绔子弟聚合在一起，其中载垣、端华、肃顺等人深得咸丰帝信任。肃顺此人被后史论著中的多数篇幅定为咸丰后期的首辅之一。肃顺当时权倾朝野，威风八面，煊赫一时，其实为自己埋下了一大败笔。

清政府用官满汉不一，内外有别是长期用官制度的通病，又因为肃顺一家是清宗室远支一族，他又是回妾庶子出身，总是被满洲皇亲国戚近支满人所不齿，一讲到肃顺就嘲讽他的出身。

肃顺当权在手便把令来行，他对看不起他的满人十分反感，总挂在嘴上讲："咱们旗人混蛋多，满人糊涂不通，不能为国出力。""汉人是得罪不起的，他们那支笔厉害得很。"他常招权纳贿，却只敲旗人竹杠。

很长一个时期，肃顺将汉人名士罗致门下，让有真才实学的汉人当高官。曾国藩、胡林翼、郭嵩焘、王闿运、左宗棠等人均成为清廷依仗的心腹谋士。在咸丰帝流亡热河驾崩后，肃顺又被任命为"赞襄政务王大臣"八人之一，成为八大臣的核心人物，故成为辛酉政变中死者之首。

咸丰在世时，肃顺在御庭前后效劳。而被聘幕府中的汉人之中的杰出人士又影响了咸丰皇帝。特别是肃顺力保怪杰左宗棠去新疆平叛乱，又用兵对付太平天国。他过多使用汉族高官，引起了满人八旗子弟不满情绪的高涨。更为惊悚的是，在咸丰患重症还未归天前，肃顺曾参与密谋要仿效汉武帝"立子杀母"一幕，殊不知懿贵妃叶赫那拉氏这位"圣母皇太后"也非一般女流之辈。咸丰驾崩后，慈禧以遗妾身份"母以子贵"，立即与亡夫嫡妻一起并列太后，这在中国的清史中也从无前例。垂帘听政朝理国政虽违背满洲"祖制"，但慈禧弄权当政的事实反而成为守护清帝国典制合法性的一页永留史册。

肃顺虽然礼敬汉人名士，力主湘军成为解救清廷危机，对付太平天国的功臣，但他又破坏了"内满外汉"的用人祖训国策，招致恭亲王奕䜣等满清大臣的不满，转而当恭亲王等人全力支持慈禧垂帘听政之时，必定罗织肃顺一党罪行置之死地而后快。肃顺“冀怙权位于一时，以此罹罪”而死。奇怪的是他生前推行的重用汉臣“以汉制汉”政策，继续被恭亲王为首的赞襄政务大臣们推行下去。

1861 年肃顺与载恒、端华等人被杀已成为历史的必然，肃顺一生之中不管是顺境时或逆境中，均有一笔惊异史实留存清史之中，值得后人品味。

汉武帝的“天人三策”

汉武帝刘彻（公元前156—前87），即西汉皇帝，在公元前140—前87年在位，乃汉景帝之子。他受中国历史上第一个统一的中央集权封建国家秦朝制度的影响，又接受董仲舒“罢黜百家，独尊儒术”思想，奉行西汉占统治地位的道家思想，即坚持“清静无为”的休养生息国策。

董仲舒（公元前179—前104）为历史上有名的儒学家，他在向皇帝推出其思想之前，对当时普遍推崇的儒学进行了改造，主要是适应与服从统治者的统治。“天人三策”是董仲舒向皇上的三道奏策，一是大一统思想，二是“天人相应”，三是“罢黜百家，独尊儒术”，这就是历史上有名的“天人三策”。

汉武帝用董仲舒的大一统思想理政治国，汉承秦制将秦的大一统观念固化为汉用，强化了君权这一统治阶级的基础。同时，又用孔圣人的《春秋》作为一统天下的依据。认为天是万物主宰，皇帝即天子，万般神化君权，宣扬万民必须由天子统治。随之董仲舒又推出“三纲五常”，君、父、夫纲与五常（仁、义、礼、智、信），封建的纲常之说，加上对封建统治的神化构成了封建执政集团坚实的统治基础。

“天人三策”属道家理论范畴。道家的前身名，在汉以前均称杂家。而秦之后的思想，凡折中调和于古时各门派思想称为“道家”。据胡适先生言，道家具有包罗一切道术的意义，“因阴阳之大顺，采儒墨之善，撮名法之要”。也正如《汉书》称“兼儒墨，合名法”的杂家，是“道家”名词的广义。汉武帝定儒学为官学，穷苦的知识分子只能苦读儒家之书参加皇考，才能成为做官的第一步。

汉武帝看到秦朝焚书坑儒，烧掉诸子百家书，用暴力手段统治只能一时而非长远之策，所以，武帝提倡儒家学说，并以儒学为官学，此策一出，方法对头成功就在眼前。“独尊儒术”后的儒家观点用此著书立论，考学为官成就了两千年来儒学的鼎盛局面。

当然，汉武帝对“天人三策”也有保留之处，见他在朝中所用做官之人均为通儒术而又深知刑法之人。秦始皇用李斯之辈，汉武帝也是赞赏的，而李斯早已不在人世。遍视汉武帝治国方略，可概括为“儒表法里”（见林丙义所编教材《中国通史》上册）。西汉的“法里”也是严厉的，当然，此不在本文所论之内。中古史上，汉武帝因其封建正统思想和主流的意识形态在经学史上完全应该记上一笔。

西汉的巫蛊之事

西汉武帝刘彻（公元前140—前87年在位），初登皇位信奉董仲舒“罢黜百家，独尊儒术”并奉行前秦大一统固化思想，取得一定成效。但是，他受历史客观因素局限，宗教意识极浓，信“巫蛊”之术，百姓也很信这套迷忌下的蠢事，朝堂上下造成不少巫蛊之狱。

胡适先生用简单明了、叙述详尽的文字将巫蛊之事用实例讲清楚，是许多著述中最易读懂的。据胡适讲，汉武帝是在幼稚迷忌的宗教状态之下，其混乱思维造成对巫蛊之术越陷越深，他“尊天事鬼，信用方士，尊重方术，巡礼遍于国中，祠祀不可胜数，到头来，黄金不可成，仙药不可得，神仙不可致，河决不可塞，只造成了一个黑暗迷忌的世界，造成了一种猜疑恐怖的空气，遂断送了两个丞相，两个皇后，一个太子，两个公主，两个皇孙，族灭了许多人家，还害得‘京师流血，僵尸数万’、‘血流入沟中’”（见胡适《中国中古思想史长编》）。

巫蛊第一案。武帝年轻时与陈皇后感情不和，且他又爱上了平阳公主家的歌伎卫子夫，此女子深得皇上宠幸，这势必触犯了陈皇后，她妒恨交加，不时在宫中吵闹，寻死觅活争吵不休，而陈皇后越吵闹，武帝就更深爱卫子夫。陈皇后听信他人之词，使用不少女子楚服等，并作巫蛊祠祭，想用巫诅让卫子夫死并乘机夺回武帝对她的恩宠。

公元前130年，元光五年武帝26岁时，对此案穷尽力惩涉事之人。据《汉书》九七上云：女子楚服等坐为皇后巫蛊祠祭祝诅，大逆无道，相连及诛者三百余人。楚服枭首于市。使有司赐皇后策，……罢退居长门宫。

后隔了40年，武帝年老时又有一桩更惨的巫蛊大案。征和元年（公元前92年），长安城中谣言四起，说得有鼻子有眼，称奸人作乱，使朝廷陷入恐慌中。执政碰到的事情只能用巫蛊解决，丞相公孙贺在拜相时顿首涕泣不受印绶，后迫于龙廷威势勉强当上丞相，但已见恐怖的政治氛围。公孙贺因长安土豪朱安世犯事而拘捕了朱安世，但在狱中朱安世上书，告公孙贺之子敬声与武帝的女儿阳石公主私通，并由巫者祭祠诅皇帝，在甘泉宫驰道上埋木偶人，有诅言。帝闻之，交有司案验，穷治所犯，一审再审后将公孙贺父子治死于监狱之中，公孙家被族灭，连阳石公主也一并诛死。此案记在征和二年（公元前91年）（见《汉书》六六）。

此时的武帝已患病且疑心周围之人用巫蛊之术致其死。他越疑心越让奸人诬告连连，让他杀了丞相、杀了女儿，后竟逼太子起兵败死，累及数万之众。

武帝晚年用宠臣江充，但此人同太子有私仇，江怕武帝死后太子要杀他报怨，就借巫蛊之事陷害太子。武帝养病，江充说皇帝之病乃太子巫蛊作祟，帝派江充穷治此事，江造成大狱。逼迫太子在无法辨明事实真相时，只能矫旨收捕江充等，事奏皇后，发库存兵器武装守卫长乐宫，并布告百官称江充造反，由太子亲自监斩江充，同时将诬指巫蛊的胡巫活活烧死。

事情一发而不可收，皇帝以为太子造反，又赐丞相刘屈氂玺书，令他捕杀反者。皇帝从甘泉赶回长安城西建章宫，调动兵力和太子作战。太子也率市民与兵士作战，共战五日，死数万人，血流入沟中，惨不忍睹。太子兵败后亡命民间，后自缢死，皇孙两人也被害而亡，皇后卫氏（卫子夫）也自杀，卫氏家族尽灭。

中国的巫蛊之事是可以编成一箩筐的，特别在西汉时就有不少，迷忌多为迷信与虚诓。武帝晚年，想长生，求百岁，想当神仙怕老死，上下各方均惧鬼祟，有病则认为巫术所致，宫廷中的迷忌之风又遍及民间，人人疑忌，稍有风动便可造祸。巫蛊大祸盛行是当时封建朝廷的悲哀，也是臣民的悲惨，这种历史上的痛史不可忘，常忆及并以史为鉴可醒今人。

色难与不栉

疫情期间见左邻右舍中有不少年届古稀老人或有病症者确实碰到不少日理困难。个别与子女分开居住者，更为团购食物等遇到困阻。而子女不及“孝亲”，更甚者将老人所遇生活上之不便推给社区里弄，这有些不合情理。下面简单聊几句。

《论语·为政》有云：子游问孝。子曰：“今之孝者，是谓能养。至于犬马，皆能有养；不敬，何以别乎?”孔子直接谈到子女必须养父母，敬老为亲情。而如果只会养老，同犬马又有何区别呢？要有所区别必须有敬老爱老之心。又有子夏问孝，子曰：“色难，有事，弟子服其劳；有酒食，先生馔，曾是以为孝乎?”至此论及“色难”两字，即指不给父母好脸色看，而仅仅在家庭中凡有事，代为劳役，有酒饭让长辈先吃，这难道就是孝吗？子女在对待父母时必须在感情上要有敬畏与尊重，这才是孝。

在日常生活上当子女的要尽孝尽责，当前年轻人如果达不到传统伦理上的尊老敬老，特别在沪上疫情期间，多数分居两处的子女关心父母衣食，网上为老人配药问诊等，均在孔夫子千年之前就已经论及，子曰：“父母唯其疾之忧”。对父母亲病痛之忧顾及照料古已规定必须做到，这乃人之常情，属道德伦理范畴。而今疫情之中难道要抛却孝亲之举吗？

不栉，即不为饰，行不容，指行事处事无容颜上的喜怒变化，从心底发出对父母之敬，内心之爱，这就是坦荡荡的真爱。

《礼记·曲礼》上云：父母有疾，冠者不栉，行不翔，言不惰，琴瑟不御，食肉不至变味，饮酒不至变貌，笑不至矧，怒不至詈。疾止复故。这里指明子女爱父母要有更高要求。面对父母病痛，你行事时容貌要求不变，言谈时切忌东拉西扯，漫无目的讲一些父母不愿听之事。琴瑟不御意指无呈乐意，食肉无味、饮酒不至脸红。矧指大笑不露其齿，言及父母疾病，子女应笑不起来。发怒时要注意不开口骂人，视父母之疾忧心忡忡也。待父母疾愈时则可一切复常。这里分明是讲子女从内心起，其言行举措均要考虑对父母之爱，能够让双亲接受。

孔子对“色难”与“不栉”已讲得十分清楚，今天的青年要做到这点既容易又不太容易。遇事足见子女的作为是否真正发自内心对老人之爱，《论语·里仁》云：子曰：“父母之年，不可不知也。一则以喜，一则以惧。”今日有多少子女知晓父母的年岁生日，更不便称“一则以喜，一则以惧”，喜是指祝愿父母健康长寿，而惧怕的事应为父母年老增衰近于死亡而惧。所以，人的感情，即真情实意，发自本人真切的敬老之情，此乃为父母养老的真真切切所作所为，反之，称孝亲养老是徒有形式罢了。

一张走后门的条子

北宋大臣富弼（1004—1083），河南洛阳人，曾与范仲淹一起建议改革朝政。至和二年（1055 年）与文彦博同任宰相，在位 7 年，封郑国公。

富弼有一副《儿子帖》成为 2005 年 6 月 19 日北京瀚海春季拍卖会上的上品。

原文为：儿子赋性鲁钝，加之绝不更事。京师老夫绝少相知者，频令请见，凡百望一一指教，幸甚幸甚。此亦乞丙去。弼再上。

翻译成白话文就是：我儿子本性愚笨迟钝，加上他很少经历社会磨炼，不懂事。在京师我很少有知心朋友，所以让他常常去拜见您，希望诸事对他多加指教，非常感激。这信也请阅后烧掉。丙字在五行中是火，丙去，即烧毁。

此条的意思是，宰相富弼希望某同僚官员能对其儿子加以思想上的赐教，即指点迷津。因为这毕竟不光明正大，甚至还有点夹私，所以富弼还专门写上“此亦乞丙去”，即希望阅后烧毁这句话。

富弼为官清廉，亦难逃舐犊情深。严格地说起来，“望一一指教”，即希望诸事对他多加指教。多加指教，不是走后门要官，此言虽有言下之意，但毕竟只是指教。指教与照应、关

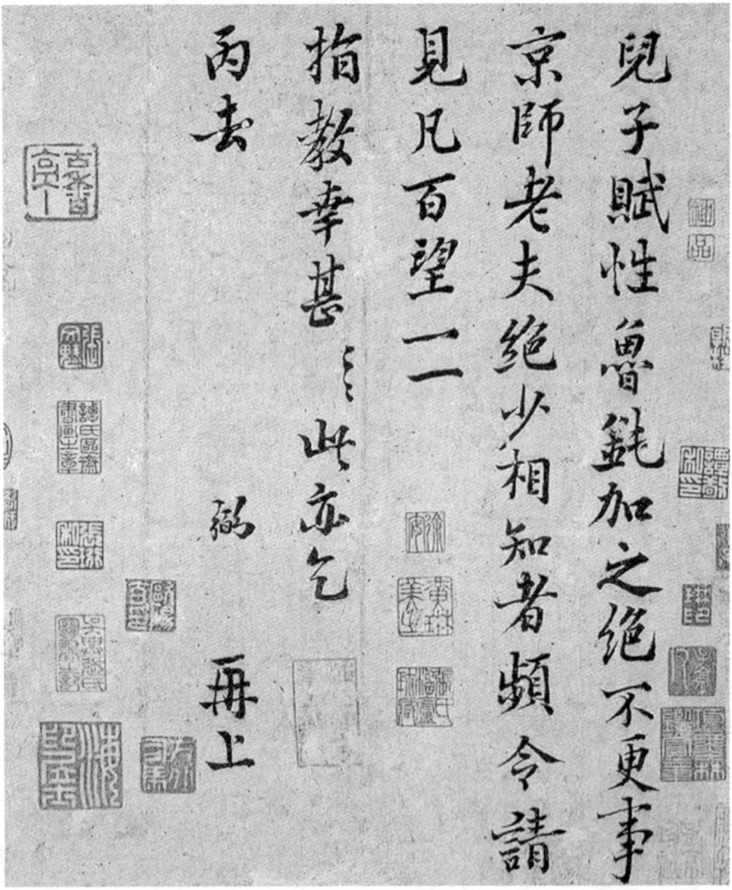
兒子賦性魯鈍加之絕不更事
京師老夫絕少相知者頗令請
見凡百望一一
指教幸甚〻此亦乞
丙去 頫再上

照、照顾，大有不同，虽可有多种解读，但你毕竟不能说这就是要“提拔”。

这张富弼希望看后烧掉的条子，最终没有烧掉，不知是什么原因。总之富弼的条子，被历史保留了下来，成为了珍贵的文物。

2005 年 6 月 19 日，北京翰海春季拍卖会，有 5 件北宋名人书札以 2 000 多万元人民币高价成交。这五件北宋书札中，就有富弼的这幅《儿子帖》，其成交价高达 462 万元。

这件《儿子帖》和其他 4 件北宋书札原为著名书画鉴定家张珩藏品，后售与张文魁。张文魁在 1950 年代移居南美，书札亦随之漂流海外。1996 年国内藏家在美国纽约佳士得拍卖行以 50 万美元购回，使墨宝荣归故里。

富弼，字彦国，是北宋名相、文学家、书法家。范仲淹见而称奇，誉他有“王佐之才”，并以其文章推荐给宰相晏殊，晏殊也称赏不已。富弼为政清廉，好善嫉恶，历仕真、仁、英、神宗四朝，官居宰相；又性情至孝，恭俭好修，与人言必尽敬，虽微官及布衣谒见，皆与之有礼。所以他对自己的这张私人便条，甚惶甚恐，内心十分不安。故要求对方销毁。

（见陈昌玖教授提供内容有感而作）

“南明”政权十八年

前言：本人大学求学时，这一段历史由授课先生十分简单一笔带过，也没有考题，故此知识点存有不少空白。现在为填补一下空白点，将这段历史简单理一下。

公元1368年明太祖朱元璋称帝，建都南京，国号明。明朝统治中国277年。1421年明成祖朱棣迁都北京，成为历史上有名的“二京府”，即北京称顺天府、南京称应天府。明亡之后的残余力量在南方地区前前后后设立5个政权，从1644年至1662年，“南明”政权共在历史上持续了18年。

清军与吴三桂组成军事阵营后，击败了大顺军进入北京，名正言顺改朝换代，但是在南下建立清地方政权时屡遭原明朝宗室成员的抵抗。初期，各地民众也对清军入关后的种种行为十分不满而奋起反抗，清廷及时调整策略，逐渐满足了士绅与原明朝官僚们的部分要求，矛盾减少了，转而迎合了清廷的统治。“南明”小王朝前后经历了18年左右时间，清政府才逐渐瓦解与打击了这些势力，并在全国稳定住统治秩序。

明朝时的两都格局，使得南京留有一个形式上的中央政府。明崇祯帝在京自尽后，清顺帝元年四月进入北京。而自五月起南京就拥立福王朱由崧为帝，兵部尚书史可法、凤阳总管马士英等人竭尽全力维护此政权，年号弘光，此是南明第一个建制政权。当时，弘光帝兵员人数优势胜过清军，但朱由崧昏庸不堪，生活又极荒淫。各路总兵积仇积怨，争权夺利，内讧不断。继之马士英等阉党余孽作恶连连，而唯一坚持抗清的史可法，处处受到弘光政权牵制排挤，境况十分危难。顺治二年春，豫亲王多铎率军南下，四月清军过淮河，围扬州，史将军孤军困守与清军对垒，多铎多次劝降史可法，史坚不投降。四月廿五日，清军攻破扬州，屠城死者不可计数，史被俘不屈就义。而在五月中旬弘光帝早已逃离住地，后也被俘处死。

六月，鲁王朱以海在绍兴由钱肃乐、张国维等拥立奉为监国。到了闰六月，原明朝礼部尚书黄道周、总兵郑芝龙等在福州拥立唐王朱聿键为帝，此时为1645年，建元隆武。但是，鲁王与唐王矛盾重重势不两立，为争“正统”不能互相配合作战。清政府用离间之计，击破两王。次年六月，清兵攻占绍兴，两浙随之失守，鲁王匆匆浮海逃往舟山。时年八月，清兵越仙霞岭进入福建，接连攻下数城，唐王隆武帝逃至汀州，被俘遇害，政权不复存在。当时，唐王朱聿键兵权掌握在郑芝龙之手，郑初当海盗，在台湾、厦门一带沿海，后受招安，官至都督总兵。郑芝龙不听长子郑成功苦劝，剃发降清，后因屡招郑成功降清不果，被清廷处死。

顺治三年十一月，在广东肇庆的桂王朱由榔由前明官员瞿式耜、丁魁楚等拥戴称帝，年号永历。此时，唐王朱聿键之弟朱聿在广州称帝，改元绍武。清兵逐渐强盛，根本不放此小朝廷在眼中。十二月，清军挺进广东继而攻打广州，绍武政权建立 40 多天就遭灭顶之灾，绍武帝自杀身亡。随后，清兵顺势又进攻肇庆，桂王朱由榔赶紧逃跑，在两广之间漂泊不定。永历政权在不利形势下与李过、郝摇旗等人的大顺军余部合作抗清。

1652 年之后，大西军中发生内讧，永历帝逃亡缅甸。顺治十八年十二月（即 1662 年 1 月）吴三桂在缅甸俘虏永历帝。第二年（康熙元年）永历帝父子在昆明被杀。至此，仍有一些零星的反清武装在战斗，如东南沿海的郑成功部队，他在父亲郑芝龙降清后深感失望和愤恨，决心“以死报国”坚持抗清。顺治十八年三月，也就是 1661 年，郑成功率将士二万五千余人，从金门乘数百战船进军台湾，重创前来增援荷兰船只。当年十二月，荷兰总督签字画押投降，率残部撤离台湾，台湾被郑成功收复。

读《三国志·吴书》随记三则

一

孙坚，字文台。其家世居吴郡富春之地，做官也在此，故孙族人死后均葬在富春城东。人们称孙家坟塚上常有五色彩云与奇光出现，举头相望上达天穹，漫延可有数里。

孙坚母亲怀孙时，又自梦肠子流了出来，且环绕吴昌门，孙母害怕至极，问邻人老太太，老人却言，这是吉祥的征兆。果然顺产一男孩，取名孙坚，但见他日后容貌不凡，性格又豪爽仗义，是员将帅之才。

孙坚之妻吴夫人原来是吴郡人，后移居钱塘，从小失去父母，只能与弟弟吴景一起生活。孙坚见女子才貌双全，便想娶吴为妻。吴氏族亲均进言孙坚轻浮、狡诈，纷纷劝吴拒绝婚事。吴女对亲戚们说："你们何必因为喜爱我这么一个女子而招致灾祸呢？如我嫁过去不能幸福，只能怪自己命运不好。"于是便择日嫁与孙坚。婚后夫妻和睦，吴夫人生了四男一女，四子为孙策、孙权、孙翊、孙匡，一个女儿后嫁给了刘备为妻，即孙夫人。

二

《吴书》上记述孙策容貌修美，性情豁达，喜欢说笑，从善如流，善于用人。故士人和百姓均很喜爱他，能为策尽力。

汉建安五年，曹操与袁绍在官渡交战，战况交错之时，孙策谋夺许都，想迎回汉献帝。正当他训练军队部署计谋出征时，被原吴郡太守许贡的门客所击杀。因为此前，孙策先杀了许贡，使许的小儿子和门客逃到长江边上躲藏起来。当孙策独自骑马外出时，遭许贡门客所袭，击伤后返营。

孙策伤势十分凶险，他急召张昭等大臣于卧榻前，谓各位辅助其弟孙权。依靠中原大地物博田沃，吴、越兵马强盛且三江的险固，足以坐观曹袁之争，而以利吴地。同时，兄嘱弟时一席话，符合孙策为人处事风格。他对孙权讲："你率领江东兵马，两军对垒之际，你作出决策，与天下英雄抗争，你不如我；而你能举拔贤人，任用能人，使下属尽心效力，守土保江东，我不如你。"交代后事毕，孙策去世，才 26 岁。

孙权称帝之后，追谥孙策为长沙恒王，封其子孙绍为吴候，后又改封为上虞候。孙绍死后其子孙奉承继父亲爵位。孙权的孙子孙皓继位后，据传孙策的孙子孙奉应立为皇帝，但孙奉被处以死刑。江东自孙皓起日薄西山，走了下坡路。

三

吴主孙权的另一位夫人步氏乃淮阴人，与丞相步骘同一宗族，因容貌极美而受到孙权宠幸。步夫人生了两个女儿，大女儿鲁班，字大虎，先嫁周瑜之子周循，后又嫁给了金璋；小女儿鲁育，字小虎，先嫁朱据，后又嫁给刘纂。

孙权在一次巡游各兵营途中，看到路边一妇人，觉得她与众不同，便命将她带入宫中，并把她赐给了儿子孙和，此何氏为孙和生下一男孩，即孙皓。

孙皓，字元宗，孙权的孙子，孙和的儿子，又名彭祖。执政时 23 岁，他除后宫有数千宫女外，还执意命黄门官到各地巡视，将各将领、官吏家的女儿，特别是年俸禄在二千石以上的官家女儿，每年规定日期向朝廷汇报，年纪在十五六岁的女子，要一年一挑选，选中者入宫，未选中的女子才可以出嫁他人。据《江表传》记，孙皓后宫佳丽之人已有几千人，但仍年年选秀不止，实荒诞至极。

执政初期，孙皓还有更荒唐之事。他每次宴群臣，没有一次不让大家喝得烂醉如泥。他指派了黄门郎十人，不给他们喝酒，让他们侍立一旁，专职司察众官的过错，宴会后各自要奏报宴席中发现的过失，如官员中目光不顺服者、言谈中有乖谬者，总之，认为喝酒时行为不端者轻则以此为罪，重则当即施以酷刑。

孙皓还引湍急的流水入宫，宫女中有不合他心意者，就杀死让水冲走。有时剥下人的面皮，还时有挖去人眼之事。官员之中昏庸阴险谄谀者受到宠幸，可位居九卿之列。他还喜欢发动劳役，百姓为此受苦受难。此时朝廷上下已离心离德，孙的恶行已达到极点。

后人看了史书均认为孙皓此君可进入《暴君列传》，也是恰如其分之事。

卖笑花与百花舞

汉武帝刘彻有一妃子丽娟，皮肤白嫩细腻，能呼出比兰花香气还要浓郁的气息。有一天，汉武帝与丽娟一起赏花，见蔷薇刚开，那半开半闭的花蕊微微含笑。武帝见后随口说道：“此花比美人的笑容要可爱许多。”丽娟闻帝言，接口玩笑般地说：“笑可以用金钱买吗？”武帝答：“当然可以。”于是，丽娟吩咐侍从取来黄金一百斤，用作卖笑钱，以此来博得皇帝欢心。据《贾氏说林》记述，蔷薇自此便有了“卖笑花”之称。

赵隽国献给汉武帝一种吸花丝，不管什么花，一旦附在上面便不再掉落。武帝赐给妃子丽娟二两，让她做舞衣。在一个春夜月光之下，武帝在一处花棚下设宴，命丽娟穿吸花丝做成的舞衣跳舞，乐声起，舞者用衣袖拂花，见丽娟满身落满了花瓣，瞬间落花缤纷而舞姿柔美无比，见者个个称颂不已。此后，称丽娟之舞为“百花舞”。

清代禁书《扬州十日记》

清代当权者将《扬州十日记》归为禁书，其实你越禁，人们就越想去了解此书的内容，而看了此书后会议论当时的历史状况和事实。我曾在十年动乱之后，在文庙旧书摊上花 2 角钱购得此书，书虽已十分陈旧，纸面发黄变脆，但我收藏至今，且十分喜欢。

《扬州十日记》作者王秀楚，江苏扬州人，是抗清名将史可法的幕僚。因为王秀楚亲历顺治二年（1645 年）四月廿五日到五月五日，耳闻目睹清兵屠城全过程，此书实是记录这段历史的一手资料，故清政权的上层见此书后恨之入骨，将之列入禁书。

李自成领导大顺农民起义军攻入北京城，推翻了明王朝。五月明朝陪都南京，拥立福王朱由崧为帝，年号弘光，以图复明。在阉党内部马士英、阮大铖等人党争下，排斥异己、鱼肉百姓，福王又是个酒色之徒，而镇守江北四镇的总兵不以国事为重，互相倾轧，仅存兵部尚书史可法督师北上，不屈不挠抗清到底。

1645 年春，清军在清太祖努尔哈赤第十五子，即爱新觉罗氏多铎的率领下，入关后镇压李自成农民军，攻占西安后又挥兵扬州，攻占江浙地带，灭了弘光南明政权。多铎曾给史可法五封劝降书，史未启一封，率扬州城军民抗敌七昼夜，直至巷战，大义凛然，无一人投降。扬州城破后清兵屠城十日，对城中百姓“如驱犬羊”“见人便杀”“积尸如鱼鳞”“泣声盈野”，此书将清兵奸淫妇女，放火掠财等一一记录。

此书遭清朝政府严禁，清兵的暴行当然也是清王朝门面上所不能容忍的。直到 1788 年乾隆五十三年，军机处还朝奏皇上，要求将此书全部烧毁。可越禁此书越体现出《扬州十日记》的价值。

中国古代禁书

中国是一个有悠久历史文化传统的国家，经历封建社会的不断演变，古代文化的发展构成了伟大的中华文明，特别在文化史上形成辉煌的成就。

一

在各个封建王朝的兴替中，统治者为了捍卫自己的政权，又为了获取更多的利益，更为了顺利统治百姓，将各方面阻碍其发展的文化知识，列出各种各样的书籍作为禁书。从列出禁书目录到批判，再到禁毁，否定一切不合其统治理念之书。其中笼统否定一切不合执政主流思想的书籍，有宗教经书、天文谶纬、诗词、随笔文丛、故事小说，甚至还有些医学、声乐之书也可禁止。中国古代社会禁书之多令人咋舌。

中国有部分士大夫将读书视为人生一大快乐之事。《大观》前言述，那些并非离经叛道文化之人出于好奇心将“雪夜闭门读禁书”视为愉快事。更有约上几位知己煮酒论书是常有之事。今天人们可以通过对历朝禁书的研究，进一步增强对中古社会及文化史方面的认识。

中国禁书始于春秋战国百家争鸣这一时期，这是中国古代禁书开端，到秦始皇焚书坑儒造成文化浩劫。而秦统一全国仅有 15 年，秦二世而亡，焚毁史书、屠杀儒生成为历史上逃不掉的话题。

《韩非子》曾经对商鞅变法论述，约在公元前 356 年“燔《诗》《书》而明法令”就涉及禁书。统治者严严实实号召“明法令”之下的“畅通无阻”，禁毁儒家典籍就成为对文化独裁的出格行为。商鞅变法到商鞅被车裂身亡，距其变法不过十八个春秋。

秦朝丞相李斯列出禁书四条：一是“史官非秦记皆烧之”，就是除秦朝的史书外，所有当时六国的史籍统统毁掉。二是“非博士官所职，天下敢有藏《诗》《书》，百家语者，悉诣守尉杂烧之”，官方虽可保留一些儒家典籍，而普通百姓则统统不允许收藏《诗》《书》，必须交给地方官烧毁。三是“有敢偶语《诗》《书》者弃市。以古非今者族！吏见知不举者与同罪。令下三十日不烧，黥为城旦”。此条为保证前两条的实施。试想两人在一起碰面时谈谈《诗》《书》便会遭到被当众处死，小吏不报者同罪，此令下三十天里有胆敢藏书不烧者，便刺墨破相发配边城去做苦力。四是“所不去者，医药、卜筮、种树之书。若欲有学，以吏为师”，但此类书流传于后世的也很少。李斯提案一经秦始皇批准，马上变成了一道严酷法令，致使“焚书”后，秦代的专制统治氛围更为浓烈，“坑儒”恶行时有发生，被万世所唾骂。内中必有法家人物李斯的“功劳”！

二

秦国用强有力禁书做奠定国家执政的基础，禁书以《诗》

《书》两部为先，所以，有必要题解一下此两部书。

《诗》即《诗经》，乃中国古代第一部诗歌总集，在公元前六世纪已广为流传。战国时荀子的《劝学》篇中说，学习者始于读经，终于学礼，意指要读书人学《诗》《书》《春秋》。

《诗经》上自西周之初的公元前11世纪，下至春秋中期的公元前6世纪，历时500年，保存“风”“雅”“颂”三部分，约有305篇。《诗经》涉及极广，民歌中搜集各国的作品，除献给周王室外，还由乐官保存、挑选、整理并演奏成乐曲。“风”多的是各国民间传唱形成的朗朗上口的传诵作品。“雅”乃“正乐之歌”，又分为大雅与小雅两种，是周王朝王室所奏的乐歌。“颂”除歌功颂德外还夹杂着直谏与讽刺作品，有些还留存姓名。总言之，《诗经》除诗言志外，还能用在出征、狩猎、祭祀、宴请集会等方面，用来表达某些特定的意义。

《诗经》东从山东，西至陕西、甘肃。南从江汉流域，北至山西、河北等整个中原，它所反映出的社会生活面极广泛，作品中还有精彩的对日常生活的描绘，叹人生、唱疾苦、不满富人与官僚贵人的奴役盘剥，并连同民间对婚姻与爱情也一起咏叹。这些真实的感叹之作曾得到孔夫子的大力推崇，孔子认为年轻人学好《诗经》，可以培养出想象力、观察力，对洞察世事有极大的帮助。

《诗经》在先秦时被儒家奉为经典，作品中有兴、观、群、怨等内容，它分明是倡导重礼仪、重人生哲理、重历史分享、重文学启示人生、重政治规范等学说，却触动了法家提倡的严峻法、重当世、重刑罚、君权至上等言论，《诗经》成为中国古代最早的禁书之一。

《书》即《尚书》，是我国古代最早的一部历史文献汇集而成的重要著作。上记虞舜原始社会末期，下讫春秋时秦穆公，按年代来分，成四部分《虞书》《夏书》《商书》《周书》，前两部书以传说整理而成，后两部书绝大部分为当时所作。此两部书非出于一人之手，亦非孔子编订成书，是经过多人长期结集而形成的汇编之书。

《尚书》体例有记言记事或兼而有之，从《尚书》发展过程来看，当时的知识分子有自己的抱负，为建功立业尽忠是大方向。《尚书》在先秦时两遭禁毁，其原因无非是述及商鞅、李斯、秦始皇的言行，作为被秦奉为经典思想的厚今薄古，注重历史经验与秦始皇的统治思想与执政执纪理念相背，故当然不能任其泛滥、流传，而成了《尚书》被禁的必然。

从剖析最早历史上被禁的《诗》《书》可见，文字记载的资料能引起统治阶级足够重视，而不让存世的被禁书目，还有《左传》《论语》《孟子》《国语》《老子》《庄子》《公孙龙子》《墨子》《战国策》《吴孙子兵法》《吕氏春秋》《齐孙子》《山海经》。

晋到唐代所禁之书中连佛经之类也属必禁之书，有《阿弥陀经》《楞伽经》《维摩诘经》《大小品般若经》《法华经》《涅槃经》，等等。许多佛经是北魏、北周被禁之书，如《阿弥陀经》是大乘佛教经典，分大小两种，是从东汉到南北朝译传到中国。大经有十部，小经也有两个《无量寿经》《小无量寿经》。总之，因为两晋南北朝时期乃动荡不定，战火连天的历史时期，对译成汉文后的佛性宣扬西方极乐世界的文字也成了苦难中的华夏百姓向往的神秘之地，故挺着个大肚子的弥勒佛也遭禁止，连同人们随口而来的“南无阿弥陀佛”也要封口了。这一时期封禁之书还有许多，仅举佛经例子就可见一斑。

宋代所禁之书有《唐鉴》《苏轼集》《中山诗话》《司马光集》《湘山野录》《江湖集》，等等。

元代所禁之书有《太上感应篇》《列山传》《西升经》等。

明代所禁之书有《逊志斋集》《剪灯新话》《剪灯余话》《易经有疑》《藏书》《焚书》《水浒传》《三朝要典》。举例《水浒传》记述宋江等三十六人故事，自元代后又发展到一百零八人，这类宣传农民起义，造反封建朝廷，“官逼民反”打破封建地主阶层集团黑暗统治，宣传勇敢地向封建势力斗争的刻画入木三分的故事会动摇封建统治，当然成为被禁的作品。可叹的是《水浒传》越被禁，想阅读者越多，终成中国历史故事书流传至今的佳品。

清代所禁之书就更多了。清入关后，连同一些诗词或故事性质的书均在被禁之列，如《金瓶梅》《肉蒲团》《列朝诗集》《一柱楼诗》《国朝诗别裁》《遗民诗》《平寇志》《说岳全传》《英烈传》《情史》《十二楼》《红楼梦》《续红楼新编》《品花宝鉴》《灯草和尚传》《绿牡丹全传》《隋炀艳史》《万花楼》《西厢记》《牡丹亭》《三笑姻缘》《九美图》《十美图》《双珠凤》，等等。民间流传并得到广泛传播的故事书深受百姓喜欢，许多作品已被搬上戏曲、评话、评弹舞台，可见，你越禁传播会越广泛，这是事实，人人所见。清代所禁之书极多，不胜枚举。

三

感谢中国大地上总有人编撰中古史上成千上万种禁书书目，看到后只能连连惊叹不已，这些禁书能阅览到百分之几就不错了，浩瀚的文化史书、历史书籍、佛学之书、兵法书等均是中华大地留存在古籍宝库中的“真经”，所以是禁不了的。

无论是封建严酷制度下的强横书禁，到旷世浩劫中的任意作为，人民在迈向世界文明重要标志的进程中，封建的留痕是抹不去的，这成了中国传统文明史上的耻辱一页，许多作品已成为后人苦寻阅读、追求、向往的进步阶梯。

公元646年，唐王朝时期偶然发现一本《三皇经》，唐太宗李世民追查此事，要求搞清此书的真相。《三皇经》非单纯鼓动平民起来造反的小册子，区区仅十几页文字，实际上同佛教与和尚、尼姑吃饭问题相关。追究下去也只能以《道德经》替换了《三皇经》作为寺庙与师姑堂中的戒法。皇上至此调查也仿佛无所谓了，并下圣旨：“《三皇经》文字既不可传，又语妖妄，宜并除之。即以老子《道德经》替处。有诸道观及以百姓人间有此文者，并勒送省除毁。”然后，一把火将集中起来的《三皇经》烧尽，而道士也将新换成的《道德经》念得头头是道，不亦乐乎，仍旧度其修道生涯。

公元653年，唐高宗永徽四年，制定了官方法典《唐律疏仪》，对贞观时的《唐律》中相关禁书条例作了阐释。这部唐代各级官员必备的注释法典，有涉及禁书的《职制》卷中第二十一条：诸玄象器物、天文、图书、谶书、兵书、七曜历、《太一》《雷公式》，私家不得有，违者徒二年。私习天文者亦同。其纬、候及《论语谶》不在禁限。这所禁范围将天文、历法等均归为“造妖言”，要判徒刑二年，由此可见天文、图书、谶书、兵书四类书被禁，在中国历史上确有此事。后面开禁之书有“医药、卜筮、种树”之类，开开禁禁也成为统治阶级上层的“政绩”。在文化传统的禁书风潮中，虽各朝代强弱禁弛不同，但目的相同，靠禁书禁锢人的思想成为历朝执政维护其专制统治的法宝，像汉代在绝大部分统治时间的大气候下不禁书，成为不可多得的一个历史时期。

中古时期的“文字狱”多得很，这要研究真成了费时费力之事。社会文明程度与禁书现象的出现不会同步，禁书无疑成为中国封建社会中的一个又一个“怪圈”，这与人类社会共同进步与文明是不相协调的。

靠禁书造成一批殉难之人，有句老话讲“私盐越禁越要卖（买）”，你靠禁书在中华大地上造成的“风暴”，没能禁锢人的思想与文明脚步，后人在对千百年的禁书阅读中获取不少力量和知识。真可谓“抽刀断水水更流”，这成了历史的欣慰之处。

（原载 2022 年 12 月 20 日《上海老年报》《文史》栏，本文作了部分增删）

做诗互斗

杨贵妃入宫之后，唐明皇赐号“太真”，为女道士并居住于太真宫中。天宝四年，册封杨为贵妃。杨太真实际上是寿王之妻。经杨迴多次上奏明皇，将杨讲得似天上仙女，地之第一美女，将后宫三千粉黛均比了下去。明皇听后，不顾父子之情，贪色而纳杨太真进宫，竭尽欢娱，与杨贵妃感情日深。

那一天，原受到唐皇百倍宠幸的梅妃，因照见自己面容日渐憔悴，就走向南宫花园踏青散步，在山水间正巧遇上明皇。唐明皇见梅妃后无语，而梅妃抓住机遇斗胆进言：“花开时节春风送暖，来到花园解闷，是缘分能在此遇上陛下，闻皇上纳宠杨贵妃。贱妾本就是一般容貌，与杨相比赶不上她一犄角，幸好陛下不嫌弃，何不让我与杨贵妃两人认个姐妹?”明皇言道：“朕贪求一时之欢，乃拈花惹草罢了，真不足挂齿。”杨贵妃闻听园中之语，妒火中烧，见了梅妃急速下拜，连声称要与梅妃誓盟结为姐妹，唐明皇也很高兴，当即同意了杨贵妃的主意。

唐明皇兴起说道：“梅妃有谢女般的才华，杨妃有解韵律之妙处，两人万勿吝啬佳句，请应景各做诗词。”梅妃听罢即刻作诗一首：“撤下巫山下楚云，南宫一夜玉楼春。冰肌月貌谁相似，锦绣江天半为君。”杨贵妃见诗后心中暗思，梅妃在华丽辞藻下不是隐含讽刺挖苦之意吗？笑本人是从寿王宫中转手而来，且还讥我身体肥胖。杨也即刻作一首绝句回敬梅妃："美艳何曾减却春，梅花雪里亦天真。总教借得春风早，不与凡花斗色新。"梅妃听后，知晓杨妃在讥讽她身如豆芽样，事过境迁已失宠了。二妃做诗相斗，只有明皇当时还不解诗中之意，反而大赞两人有诗情、有才气，不分上下。此时两皇妃均有不快之色，怏怏别过。

不多时日，两妃做诗互斗之事散于朝中与后宫。自此结拜姐妹后，杨在陛下面前说了不知什么言语，梅妃更加失宠，不久就被迁入上阳宫去了。而两人做诗互斗之事却被历史记上一笔。

节 愍

清乾隆时追谥明末抗清义士夏完淳为“节愍”，一个反清复明之士怎么会被清政府追谥值得探究。

上海松江人士夏完淳（1631—1647），原名复，字存古，别号小隐，又号灵胥。少时秉承家学、聪明早慧，5岁时就能读经书，7岁时能做诗文，自小起就能议国事，9岁时就显露独特才能撰著《代乳集》，真是奇人。

夏完淳的父亲夏允彝是江南名仕，他与其子的老师陈子龙等抗清人士组成几社，持清议、斥朝政，忿忿然复明抗清议政，对少年志士夏完淳影响极深。

当清军入关，夏完淳坚持老师陈子龙主见，联络英俊年少青年组成西南得朋会，这成为几社的后继，世人讲有其父必有其子，而当时夏完淳才14岁。松江沦陷后夏允彝极度悲愤，不甘亡国而选择投井殉国。这一国恨家仇印在小小年纪的心灵上，越发坚定了夏完淳的抗清信念，他成为南明鲁王（见拙作《南明政权十八年》有关史迹）遥授予他的“中书舍人”（官名）。据《汉书·高帝纪》颜师古注，“舍人，亲近左右之通称也”。自秦汉起到唐宋均有此官名，实为亲近的属官。宋代的阁门宣赞舍人，元代直省舍人、侍仪舍人，明代的带刀散骑舍人，均为近侍武职。明清设内阁中书科，设有中书舍人，职责仅为撰写文书，清时还另设内阁中书，兼管置掌记载、撰拟、翻译等内阁中的各类事务。

夏完淳小小年纪就参谋太湖吴易军事。吴易，南明领将，苏州吴江人，崇祯进士。1645 年起兵抗清，次年太湖兵败被俘而死。不久陈子龙也自尽，夏完淳不幸被捕。夏气节至上，痛骂洪承畴，不为利禄所诱，句句落实、字字如玉，骂不绝口被残杀，年仅 17 岁。这是一介书生崇高的民族气节与英勇反清的不屈斗争精神名垂青史的真实表现，像如此年少成名，铮铮铁骨之士，连清廷也只能承认夏为杰出英才，这也是乾隆帝追谥他为“节愍”之首因。

夏允彝著有《幸存录》，临死之前，嘱咐其子夏完淳完成他未及记述的“南都之兴废，义师之盛衰。”故子承父志作续书《续幸存录自序》，原书共八卷，但书后有无名氏跋云：“以书生谈朝事，其讹者十之三四，故予删其讹而存其是，非全录也。”至此可见，现存在世的著述有后人删削增添之处，连身后事，还未形成事实，怎会在《续幸存录自序》中呢？非常可能是后人抄附书中，因为原书已残缺，无从比较，这也见证了清廷禁此书以维护清朝统治的事实，但另一方面，已可见夏完淳年少但志向高远，虽认为“书生谈朝事”，在 1788 年乾隆五十三年时，此书遭批准后销毁，这是件十分令人惋惜之事。另一面也可见在“满汉一家”主见之下，对夏完淳的文学才干作了肯定，这也是事实。

到了清嘉庆年间，王昶、庄师洛等人重新编成《夏节愍全集》十四卷，诗、赋、词曲、杂文等皆录书中，这是对富有民族感情、年少成名、学富五车的夏完淳的一个纪念。怪不得清朝政权也对他刮目相看，顺应民意，尊重人才，言可哀怜之人，向其学习，此是饱含深意的呀！

清朝康雍乾“朱批”简介

阅刘凤云博士著作《朱批——康雍乾用人与治吏》一书感受极深。清前期三位皇帝朱批臣子奏折，从中了解地方上的真情实况，作为上下左右相互之间的信息反馈。皇帝用红笔批示奏折内容并表达己见，这即有了“朱批”的称谓。刘凤云博士做了件好事，让我们想了解和熟知历史因由之人，从“朱批”中见到真实史迹，很受启发。

刘书引言第一句：“在我国古代社会，权力结构一直以高度的君主集权与官僚制的有机结合为不变的模式。”君主要掌控地方各级官吏而形成治国理政的重要手段。中国封建社会一直奉行“王道政治”，要有一支精明强干的官僚队伍，就强调必须有一个好皇帝。

一

康熙帝倡导选官以操守为第一。康熙手下有一大批能吏，而当其中一旦有人劣迹败露，便立即严惩，决不姑息。康熙任命官吏“凡为臣子必须才德兼全，若有才无德，不如有德无才也。”儒家的宋明理学以“为政以德”为前提，孔子讲：“修己以安百姓”，朱熹讲：“治道必本于正心、修身。”官德即指官员的个人品行，也就是职业道德。康熙四十九年二月，江西巡抚朗廷极复皇上“江西武官如何?”于是康熙朱批:“朕所以问者，因湖南有空粮之告，浙东有虚兵之名。天下钱粮养兵者岂一日不备，凡武职当各尽其力，以报朝廷才是。古人有言文官不要钱，武将不惜死，不怕天下不太平。信哉!”可见“空粮”与“虚兵”，对多报兵丁那份饷银和口粮占为己有的地方官员行事，康熙帝有所查也必有所决断，这方面是十分重视的。

康熙五十一年，江西巡抚朗廷极升任两江总督，康熙在奏折上直接批复:“公正清廉”，是要下属吸取前任总督葛礼的沉痛教训。当时，江苏巡抚张伯行弹劾总督葛礼，而总督则反过来弹劾巡抚张伯行没有治理地方的能力，两名地方官互相弹劾，两人的下属官员纷纷卷入而引发了江南地方上地震。康熙愤怒不可忍，经过调查发现两人均有各自存在的问题。总督有才能无操守，巡抚虽清廉却短于才干。康熙斟酌后下令巡抚留住，总督革职。江南百姓见皇上如此决断，齐赞“天子圣明，还我天下第一清官”呼声，从这里可见康熙帝将重官德放在首位。

康熙任用官员，在肯定“清官”或“好官”的标准上始终贯彻“政尚宽大”的治国方针，大权独揽呈现出皇权至上的显明特点。选官成为康熙治国首要手段，他用“特简”之权，由皇帝直接简用官员，其范围包括一、二、三品大员中所有官缺，即使四品道府各缺中除了部分题缺归督抚选补外，也大多由“请旨简放”皇帝钦定。故康熙朱批中见此精神，有其个性化的集中体现。

二

三朝皇帝之中确以雍正批示奏折最多，他虽然执政时间在前清三帝中最短，而他对阁员与地方上官员的奏折却是朱批最多的一位。用心处理一切军国大事成为雍正一生中的重要记录，雍正《朱批谕旨》有360卷。1732年，允禄、鄂尔泰等人编刻收录了7 000余条朱批，充分展示了雍正的执政权威。

雍正五年十二月，正值岁末，帝都各种政务极忙，他却收到江南总督范时绎奏折，报江南得雪，文中又极尽华丽辞藻。雍正看后十分恼怒，直斥范时绎。朱批："朕日理万机，毫不体朕，况岁底事更繁，哪里有功夫看此幕客写来的闲文章，岂有此理！况朕屡有训谕，只待秋成方可释怀。今冬雪乃预耳，若如此夸张声势，则汝毫无主敬以待之心矣。下愚不移，奈何！"雍正看后再批道："不能缉盗、察吏安民，此等偶尔小事，何必多此一篇烦文，将此以为遵旨尽职乎！"而"下愚不移"是雍正常用的训词，此意义见《论语》子曰："唯上知与下愚不移。"这里指训范时绎"下愚不移"即责骂他愚不可及，无药可救了。

雍正四年十一月，湖南巡抚布兰泰向皇上奏报，此前在山东布政使任内存银七千五百余两，雍正三年十一月进京觐见时，由皇帝赏作新任盘费，但此笔钱用到雍正四年六月已用完。无奈之下，自己只能从湖南藩库借款两千两，所借之银为耗羡银两，虽非公项钱粮，也急宜补还。他还说自己在京城"有住房一所，原价银三千三百两；有地一处，原价银五百五十两”已令侄子帮忙转卖，以还清借款。雍正看罢简直哭笑不得，朱批：“可笑之极。大凡过犹不及，从未闻督抚卖房售地做官之理。圣人云：‘虽小道，必有可观，致远恐泥。’正为此等事也。将房地用完时又如何措置？况直省督抚皆奏朕，有一两万金养廉犒赏之需。今览你此奏，朕实无一些嘉奖处，但朕知你居心操守，所以信你此奏，而未免哂你福浅不通，器度窄狭也。教朕如何批谕，令你要钱也?!”其实雍正帝说布兰泰缺乏地方疆臣之气度，也无变通之能力。在此说明一下，当时湖南、湖北两省实行耗羡归公的改革，而又将归公的耗羡银两部分可作地方各级官员的“养廉银”。此地此事是布兰泰向上声明自己丝毫不取“养廉银”，此因是湖广总督杨宗仁没有设置此规定，使自己衙门办公费用短缺，又影响到了本人的生活用度。

以上事例可见，当时雍正帝十分体恤地方财政不足，想通过耗羡归公和养廉银制度来增加地方官的合法收入，而需达到地方之清浊，不在此经济救助之策。地方上仍为“清者自清，浊者自浊”，正可谓，上有政策下有对策，这也是清前期三代中一个方面。

三

乾隆帝朱批贪腐事二例，可见乾隆时对清前期的贪腐案例也早已引起重视。乾隆二十八年六月，江南河道总督高晋奏报为政之情形。高晋为高斌之侄，叔侄均为清代治河名臣。高斌之女为乾隆帝慧贤皇贵妃，乾隆信任高斌的德才之资质而使其官至文渊阁大学士，高氏家族子侄孙辈中在乾隆朝中任官者颇多。真可谓龙恩浩荡。

乾隆三十三年，高斌之子高恒在两淮盐政任上以贪污公款遭到参劾被处死。而高恒之子高朴在乾隆四十三年，又因在新疆恣意役使回民开采玉石，被查而就地处死。对高家子孙相继犯事，乾隆帝在十数年前的高晋奏报上已朱批：“一家受恩太重，固非善事。若不时时戒惧，断不能承受太盛之福也。且此数人之狱罪，有一人系朕特意治罪者耶？”所以，乾隆帝也十分感慨：“高朴乃高斌之孙，高斌在世时，不知造何孽，其子孙皆蹈重罪，实属费解。即朕欲加恩慧贤皇贵妃而施恩于高朴，亦不能也。”

云贵总督彰宝奏报钱度贪污案，称本人与钱度共事多年，虽作为钱的上司，见钱表面上十分节俭，还不时露出拮据的样子，自己一直没有察觉。不料外观朴素、谨慎之外，钱历年赃私在原籍埋藏数逾万巨，外表不显露宽裕装俭约，在家嘱密藏金银十多万两，且铜器、玉器、木器、字画等数量巨大。乾隆三十七年初，云南省宜良县知县朱一深向户部揭发云南布政使钱度婪索属官，就已揭开钱度贪腐的嘴脸。

万般无计之下钱度只能供出部分贪赃之情，承认自己在任期中私倒官铜。此后，江西、贵州、湖南、江苏等地方官，先后截获、查抄钱度令家人转移、寄存金银事，终使乾隆帝大怒，审讯钱度后将其斩首。乾隆三十七年五月十三日朱批：“或如此者正多，不但彼一人也。然天理昭彰，自必败露，不可不慎。若谓弥缝之巧，钱度即是榜样。”

简单介绍清前期三代帝王治国用人中治吏之事，这本“朱批”择其精要成著作，为后人理解自古圣贤为治的不易，这本书对今世当官之人具借鉴作用。正如康熙帝所言：“自古有治人无治法。大官廉则小官守。不必多虑，只宜得人为要。”透过“朱批”中散发出的气息，非学术专业读者也能喜爱此书，直观三帝的一喜一嗔，像一面镜子，真能为世人发挥镜鉴作用，就必须再去深入阅读，从深处去理解。

鲁迅赠日本友人的一首爱情诗

鲁迅先生是中国人民心中的一位现代伟大的思想家、文学家、革命家。他的一生均在战斗，抨击时弊与丑恶的社会现象。其实他的情感也十分丰富，伟人也有欢乐与浪漫的一面。

鲁迅（1881—1936）曾经给日本内山完造夫妇的养女片山松藻一幅亲书的墨迹。1931 年 8 月 22 日先生在日记中写明："晚内山完造招饮于新半斋，为其弟嘉吉君与片山松藻女士结婚也，同座四十余人。"婚后，片山松藻改名内山松藻。鲁迅还邀请内山嘉吉为木刻讲习会讲授木刻艺术并亲自担任翻译。为酬谢嘉吉的辛苦教学，鲁迅还把阿勒惠支亲自签名的一组 6 张版画送给内山嘉吉。

不久，嘉吉夫妇回日本去。临行在 1931 年 9 月 7 日的《鲁迅日记》中记述，午后为松藻小姐明日归日亲书欧阳炯《南乡子》词一幅。内山嘉吉夫妇归日后一直与鲁迅和许广平夫妇通信，保持了友谊。

那么，这首艳丽的爱情诗如下：

洞口谁家？木兰船系木兰花。红袖女儿想引去，游南浦，笑倚春风相对语。

录欧阳炯南乡子词奉应

内山松藻女史雅属　　　鲁迅（印）

此诗描写坐在木兰船上的一对青年男女，在《木兰花》歌声中，游南浦，两人沐浴在春风之中，边游边笑语不断，这是多么让人神往而感人的画面呀！

鲁迅先生是一位情感丰富之人，先生赠诗祝贺新婚宴尔返回东瀛故土的友人，这真是一支中日人民友谊的颂歌。

值得一提，让人深思的是，爱情诗的作者欧阳炯，是一位五代时人，政治上他曲折非凡，当过高官，几乎在每一次亡国之后事于新主。但是，都可找到不少政历上的问题。鲁迅先生也没有否定欧阳炯文学上的作为，他是花间词派的骨干，他将作词的理论、主张、创作、实践融于一体，他甚至把两性关系写入词中，即今人常说的“黄色诗人”吧。这些诗词主要表达上层阶层的闺中情思与享乐生活，所以词风柔靡婉丽，被人们称作“花间派”。鲁迅的伟大之处正在于，他并不一概排斥或用厌恶态度对待受历史局限的古代诗人，而是实事求是将欧阳炯作品中健康的爱情诗赠与友人，这体现了鲁迅先生思想中批判继承中华历史文化传统精神的真实写照。同时让我们体会到鲁迅先生是中日文化的友好使者。

三十年前的一张首日封

一

辛亥革命80周年前夕，上海曾以纪念辛亥革命印发“辛亥革命人物系列封”，凡在1911年参加辛亥革命的老人均有一封首日封作纪念。

我的娘舅程汉明曾于1990年代初给我看“天福伯伯”寄给他的首日封，因小一辈人均称“天福伯伯”而成为舅舅、母亲这一代人的随口称呼，我看这首日封作为历史见证十分有意义。

周南（1888—1981），字克成，即周天福，江苏吴县人，是我外祖父程蓉镜（1892—1955）的表兄。周家三兄妹，周凤霞、周斌（即周克新）在兄长周南的带头下，辛亥革命前就参加了孙中山、黄兴等人领导的革命。兄妹三人成为武昌起义之后，上海起义的重要领导人。

这段历史见证了外祖父的三个表兄妹投身辛亥革命的光辉历程。我在1951年出生后，曾在周凤霞好婆的怀中，被她称作“小囡放典当可以当的”。我一两岁时白白胖胖，长大后只听几个姨妈等均叫好婆周凤霞为“毛囡娘娘”，我作为第三代，看到辛亥革命80周年纪念首日封当然十分高兴。长辈们的经历成为辛亥革命时上海一门三杰历史见证，有一番深意。

“辛亥革命人物系列封”一览表　X.H.F.(A组)

编号	辛亥人物	籍贯	生肖	题词者	绘像者	在沪后裔	关系	实寄邮码
A—1	孙中山	广东香山	虎	谢希德	时　晨	王弘之	外孙	200020
A—2	章太炎	浙江余杭	蛇	冯永祥	刘志联	章念祖	孙	200041
A—3	邓玉麟	湖北巴东	蛇	吴青霞	刘志联	邓中宪	孙	200062
A—4	秋　瑾	浙江山阴	猪	真　禅	李嘉栋	王焱华	外孙女	200030
A—5	李烈钧	江西武宁	马	刘广实	郁元庆	李季平	孙	200003
A—6	陶成章	浙江绍兴	牛	张包子俊	钱式君	陶亚成	孙	200040
A—7	张之江	河北盐山	马	徐以枋	陶　炜	张润苏	女	200081
A—8	白毓昆	江苏南通	龙	苏步青	孙大本	白维玉	曾孙女	200062
A—9	孙　武	汉口柏泉	兔	房国香	孙大本	孙吉森	孙	200011
A—10	钱福田	上海嘉定	羊	郑逸梅	时　晨	钱式毅	孙	200062
A—11	高梨痕	湖北竹溪	虎	程十发	张　恩	高　敏	女	200072
A—12	周　南	江苏吴县	鼠	陈从周	李　薇	周锦宇	子	200010

题词：屈武（民革中央名誉主席）　　总策划：钱式君　　印数2000

二

周南女儿周佳瑶回忆文章抄录于下。

辛亥上海起义中的一门三杰

武昌起义成功以后，全国各省相继响应，在上海起义中，上海的周南（周克成）、周风霞、周斌（周克新）兄妹三人是上海起义活动的重要领导者。

孙中山曾说，在响应武昌起义的各地中，“响应之最有力而影响于全国最大者，厥为上海”。

武昌起义成功以后，全国各省相继响应，其中上海起义最大的成果便是南京光复，它为中华民国临时政府的设立奠定了基础。在这一事件中，上海的周南（周克成）、周风霞、周斌（周克新）兄妹三人是上海起义活动的重要领导者。周南曾任上海学生北伐先锋军军需长、威武军司令。抗战胜利后，他坚持实业救国的理念，开央行、做进出口生意，同时开办免费的学校。周南之女周佳瑶近日在接受记者采访时回忆了其家族一门三杰捍“共和”的往事。

周南：民国人物

周南（1888—1981），字克成，苏州东山人。1909年，与胞弟周斌、胞妹周风霞，响应孙中山、黄兴号召，加入同盟会，投身辛亥革命。曾任威武军司令，策动上海独立，司令部设南市限真人路。与王震组织上海学生北伐先锋军。王震为司令，自任副司令，司令部设南市白云观西林寺内。护国、护法运动时任江苏总司令。1926年，国共合作，任江苏江防要塞先遣收编委员，参加北伐战争，倡导教育实业救国，发起组织辛亥革命同志会任会长、常委，还任光复会常委。1980年，被任命为上海市政协“纪念辛亥革命七十周年”筹委会委员。1981年病逝。

我的曾祖父周匡庸原籍河南汴梁，曾参加太平天国运动，是忠王李秀成麾下的一员部将。为了响应革命，他将自家粮店里的粮食分给百姓。革命失败以后，家人流落上海后迁居苏州。武昌起义之后，父亲、姑母、叔叔成为上海起义的重要领导者。

我的父亲周南10岁时，有次看到清旗人殴打汉人，便欲打抱不平，被亲戚制止。说这样会给家庭带来麻烦。父亲不服气，回家后祖母给父亲讲述了清军入关的故事。祖母也给父亲讲黄炎培的故事，爱国主义者黄炎培的夫人是我祖母的姑表姐妹，让父亲备受鼓励。受到这样家教的影响，父亲从小就立志要推翻清王朝。

父亲13岁时到上海南京路的一家洋行里当学徒，18岁又到英国人的一家洋行做事，天天上夜校补习外语，所以外语很好。在洋行工作时，父亲认识了日本留学生包振亚，接收到这个日本学生宣传的孙中山革命思想，这恰好也符合父亲从小的愿望。

1909年，父亲加入了同盟会，姑母周凤霞、叔叔周斌也随后加入，与黄兴的友谊甚深。

不久，根据黄兴的指示，包振亚等多位同盟会会员从日本潜回上海与周南会合，准备上海起义。起义的资金来自父亲姨丈贝鸣忠。那时，贝鸣忠在上海开了三家大的绸布庄，自身还有很多房产，他对父亲很是欣赏，再加上祖母也支持推翻清王朝，便拿出了很多钱来支持革命。1910 年“威武军”成立，父亲任副司令。

1911 年武昌起义爆发，武昌的革命社团写信给黄兴，希望一位有名望的人前去武昌领导革命。黄兴答应了，却因为革命资金不足而迟迟未能动身。结果，没能等到黄兴的领导，武昌起义就爆发了。

1911 年 11 月 3 日，上海起义，父亲率领威武军攻打江南制造局，周凤霞与周斌也参加了战斗。

上海起义成功后，父亲与王震又组织了上海学生北代先锋军，王震任司令，父亲任副司令。为了筹款方便，父亲还兼任军需长，周凤霞任筹款队长，周斌任分队长。后来这支队伍与另一支队伍合并为“关外义勇先锋军”，准备开往东北作战，这时，袁世凯策划了南北议和，随后便停战，这支队伍只好就地解散，官兵各自回到原籍。此后，父亲和弟弟妹妹跟随孙中山继续从事革命活动，父亲在护国护法运动中任江苏护国军总司令，扶助江北作战、湖州独立等运动。

在一段时间里，上海方面的革命工作都由父亲和卓武初共商负责。为筹措革命活动经费，父亲还将自家房地契交给了从日本来上海参与基金的高野百川，押借得款 5 000 元，不料这人是个骗子，后来一位叫乐门的律师帮助父亲取回了房契，并对父亲为革命作出的牺牲表示钦佩。

也许这就是因祸得福。1919 年，父亲遭人陷害，以欺压百姓的罪名而被巡捕房拘押。开庭时恰好遇到律师乐门，乐门相信父亲的为人，立马指出这是诬告，说到父亲兄妹三人不顾危险参加革命，甚至还为革命抵押自家房契，绝不会骗取别人的钱去欺压百姓。最终父亲被判无罪释放。

那时社会上很多人都愿意资助革命。由于父亲为人很好，很讲义气，他去筹款时别人也都很愿意帮助。我记得有一位资助父亲革命的人，曾贡献出了两颗共32克拉的金刚钻。但因为太贵重了，反而一直卖不掉。抗战胜利以后，父亲发起组织辛亥革命同志会，自筹资金，并建立经世中学任校董，其他参与创办的小学、中学都提供免费的义务教育。那时父亲倡导实业救国，自己也在开洋行，做进出口生意。其实洋行也是革命联络地点。后来，父亲将钱汇至国外购买檀香时，恰逢国内解放，国内与国外中断了联系，一大笔资金就在印度损失了。

中华人民共和国成立后，国内外进出口一度被封锁，而国内需要进口大卡车，章太炎的儿子章导便前来请父亲帮忙。父亲同意以洋行的名义帮忙订购，具体事务由章导与他亲戚自己操作，据说当时钱是以大麻包抬进洋行的。但不知道章导是不是被骗了，国家拨给的这笔钱在香港被盗走了，章导也在广州被捕，父亲的洋行立即被封，仓库里的所有东西都被拿去抵债。父亲也被拘捕了2个月。后来，此事被查清，父亲被释放，但洋行也自此关门了。

同为民国元老的王葆真曾建议父亲和姑母周凤霞出任上海文史馆馆员。当时做文史馆馆员的话，每月有80元收入，我父亲却因惯于奉献，不好意思接受国家俸禄，便回答说“经济尚好”，拒绝出任。父亲一生正直，有骨气，“文化大革命”期间，派出所的人经常到家里来，说我父亲是帮助国民党的反革命，要我父亲承认错误。父亲一脸坚决地说：“我推翻清王朝，没错。”我对这一幕至今印象非常深刻，

周凤霞：须知巾帼有奇才

姑母周凤霞跟随父亲投身革命时年仅 16 岁。姑母组织了“女子参政急进会”，自任会长，会章由关外总指挥凌大同执笔，并有女子参政歌三首。那时姑母还为黄兴做联络工作，并深得黄兴夫人关爱，她还在黄兴家见到了孙中山，当时姑母就把“女子参政急进会”会章给孙中山看了。孙中山对她说：女子参政是无疑的、现实的、永久的，主张把急进二字去掉，并修正了会章部分内容。

姑母被世人赞赏为巾帼英雄，但她的婚姻却不如意。凌大同曾对姑母很有好感，但姑母认为革命没有成功，不想谈及儿女私情。不料后来凌大同被黎元洪杀害，姑母非常伤心后悔，觉得至少应当给凌大同一个应允的承诺，也好让对方心中安慰。姑母后来的婚姻也不理想，被婆婆认为不符合传统女性规范，与丈夫被迫分开了。此后姑母再没有结婚，在徐家汇开了一个南货店。我从小就被过继给了姑母，姑母对我一直很疼爱。

周斌：名震一时的“少年总司令”

叔叔周斌在家里排行老幺，在看到哥哥姐姐参加革命后，也积极要求参加。祖母考虑到革命的风险，希望家中留有后

人，所以不同意叔叔参加革命，叔叔便义无反顾地剪掉辫子，祖母无奈只得应允。由于叔叔从小在家就很调皮，事事为先，参加革命后的他打仗也很出色，在与清军的战斗中屡建战功，父亲对他赞赏有加。

1913年，叔叔受我父亲周南之命，参加黄兴组织的讨袁运动，后收编了地方武装，参与护国、护法运动，被任命为浙江护国军总司令。他率部队数千人与袁军交战，经历10多次战斗，缴获敌军枪械、大炮、战马等，成为名震一时的“少年总司令”。

（明浩摘自2012年1月16日《东方早报》，作者周佳瑶、肖婷）

三

我（姚文仪）是第三代小辈，称毛好婆周凤霞之子为娘舅。周佩宝（即周复宇），上海文史研究馆馆员。佩宝娘舅与程汉明舅舅表兄弟间有不少相通语言，且一起挥毫研习书法，所以彼此经常往来。我记得佩宝娘舅语言幽默，滔滔不绝，知识面极广。

凤霞好婆有亲生儿子，即周佩宝，用母亲之姓。小时候记得在外公武定路鸿庆里，只要有凤霞好婆在，就听到她那嗓音较粗的讲话之音，我们小孩均感到十分好奇，这声音是多么浪漫。

下面抄录周凤霞好婆之子周佩宝舅舅的自传。

周佩宝略传

周佩宝，又名周复宇，字子沐，号红莲居士，磨斋，震泽伧父等。

江苏吴县东山人，定居上海。1935 年毕业于上海法学院法学系，毕业后留校任教，同时开业做律师。他天资敏捷，性情豪爽，谈吐风趣，深为师生、朋友们所爱戴。

1937 年后，他与友人金明渊等向杨澄甫传人田兆麟老师学太极拳，学有所成，并传与人，后又与杨絮白、徐佛华等拜李仲乾（李健）先生为师，学书法。又由姜汉章介绍，拜贺天健为师，学山水画。1943 年随校内迁，到安徽屯溪，任总务长兼中文教师，1945 年返沪。

周先生除书画外，亦喜爱音乐，与古琴大师蔡元白之弟子姚丙炎为琴友，相互切磋琴艺，为古琴曲打谱，并一同加入古琴学会为会员。他 1985 年受聘为上海市文史研究馆馆员。

周先生幼年即酷爱书法，凡是碑、帖、拓片，虽是片纸残本，不厌其烦，苦心收集，细心整理，对此研究，观赏临摹，未曾少辍，并尊师教，遍临诸体，凡正、草、隶、篆、钟鼎造像、墓志等均深有造诣。遗作汇编成《周佩宝先生作品选》。

从“楚河汉界”想到历史上的楚汉之争

在摆弄象棋时从“楚河汉界”想到中华漫长历史中的楚汉之争。刘邦、项羽之争仅四五年时间，从公元前 206 年起至公元前 202 年，演绎的是一场英雄之间的壮烈斗争。“力拔山兮气盖世”的英雄项羽溃败在乡间亭长刘邦之手，而历史上总将项羽的失败归因于“妇人之仁”，凭仅有一身“匹夫之勇”而毁掉了理想中的兴楚霸业。

魏晋时期的清议士人均慨然谓“时无英雄，遂使竖子成名”。刘邦非英雄而能历经磨难最终战胜项羽，成就伟业。

项羽在霸上设鸿门宴，刘邦只能战战兢兢地强颜欢笑赴宴，席间刘借口如厕，匆匆忙忙撇下随从与车驾，偷偷溜出霸上项羽营盘，懦夫般鼠窜逃之夭夭，根本没有大丈夫立足世上之英雄气概。

刘邦一旦羽毛丰满时，就强率魏王、韩王、殷王、河南王、常山王五路诸侯之兵，用数十万兵力伐楚，得胜之兵进入彭城，缴获项羽城中珍异珠宝无数，且有美女相伴，刘大喜，设庆功宴大贺各路兵马。此时项羽正在征讨不自量力自封为齐王的田荣之子田广。当项闻听刘邦率领大军攻占彭城后，亲率精兵三万，杀个回马枪，在彭城、灵璧东的睢水上与汉军大战，最终大败刘邦之师。刘邦此时弃兵狼狈逃亡，竟然将自己的两个儿子推下正在逃亡的车驾，部将夏侯婴见此情形，果断把刘的两个儿子拉上车。此事被后人讥讽刘邦为人卑劣，危急关口不顾骨肉亲情。

当项羽堂而皇之言明，将捉刘父即烹食，想逼刘邦降楚，此时刘邦非但不怨恨，还嬉笑着回话，你若烹煮家父则当时请你分一杯羹给我，完全没有了父子之情，大丈夫气概转念成一股痞子式的玩世不恭的样子，我想史书上称刘邦为竖子是有因由的。

历史是一面镜子，此一时，彼一时，刘邦能取得天下，也必须辩证地分析。刘一旦登上皇帝位子，他在群宴文武百官时，抛出“我为何能安天下而项却不能?”这一命题贬指项无能而只能失去天下。当时席下一片赞赏夸颂刘邦之声，所有的失利之因，负面因素全归项一人，有多少难听之词充于席间，项羽被贬不值一文。席间捧刘为天神“陛下真正是与天同利”的命题没有冲昏刘邦头脑，此时，刘头脑反而十分清醒，他用一篇九鼎之论侃侃而谈，从这里显示出了刘邦成功后高人一等的风范，有当皇帝的才能。

公等知其一，未知其二。夫运筹策帷帐之中，决胜于千里之外，吾不如子房。镇国家，抚百姓，给馈饷，不绝粮道，吾不如萧何。连百万之军，战必胜，攻必取，吾不如韩信。此三者，皆人杰也，吾能用之，此吾所以取天下也。项羽有一范增而不能用，此所以为我擒也。

此论足见刘邦是一位强者，能屈能伸，也非只能当里正亭长之辈。项羽有力大无穷、力能扛鼎的盖世蛮力，确实有“力拔山兮气盖世”的冲霄豪气，而刘取胜在其智慧胜于勇力，知己知彼，“宁斗智，不斗勇”。刘邦失小节之事常遭人耻笑，却自始至终有他的老谋深算，在最后的决战千里中能运筹帷幄，雄辩地智而胜之。

历史是一面识人之镜，正反史实任由后人评说，看破现象深究实际原因，不管是官修之史，还是村野士人写成的“野史”中均有不少值得再研究的方面。平心而论，有时静静思考，历史原貌本就千变万化，复杂纷繁，后人应取研究历史问题的正确理念，不要凭兴趣一概而论，也不应一锤定音，多方面去开阔视野，让史料发声，让历史作证。

从陆游《钗头凤》想起

南宋大诗人、词人陆游（1125—1210），字务观，号放翁，浙江绍兴人。文学史上宋词元曲有极其重要的代表性，久为后辈所吟诵。当时，产生了一批艳丽柔媚、风流旖旎诗词作品，这在宋代的文学史上是不能忽视的。

陆游与唐婉两人的婚姻已成千年传颂的故事，而有名的《钗头凤》是陆游题壁之作，名气之响久久散之不去：

红酥手，黄縢酒，满城春色宫墙柳。东风恶，欢情薄。一怀愁绪，几年离索。错，错，错。　　春如旧，人空瘦。泪痕红浥鲛绡透。桃花落，闲池阁。山盟虽在，锦书难托。莫，莫，莫！

想到陆与唐的婚姻，在旧封建势力之下，夫妻感情虽好，但陆母始终不喜欢唐婉，家族中的长辈冷脸相待，只能逼迫唐出陆府。

陆游为唐在外另租凄凉之居，陆只能默默常去探望。但事情让陆母发现，就不能再瞒，最后陆唐分手。迫于生计唐婉只能改嫁宋朝宗室赵士程。

事有凑巧，两人缘分未尽。据传说，陆唐又偶然见面却因悲伤情，唐思念陆游而病倒，不久离世。40年后，陆游成了一白发老翁，居住鉴湖三山，他每入城登佛寺向远眺望，常常思念的还是唐婉。他曾赋词纪念：

梦断香销四十年，沈园柳老不吹绵。
此身行作稽山土，犹吊遗踪一泫然。
城上斜阳画角哀，沈园非复旧池台。
伤心桥下春波绿，曾是惊鸿照影来。

事过境迁，从南宋到元代，曾有一位词人附过一首《燕姬曲》，这类归于艳丽辞藻的诗词，真可谓与陆的诗词相媲美：

燕京女儿十六七，颜如花红眼如漆。
兰香满路马尘飞，翠袖短鞭娇滴滴。
春风澹荡摇春心，锦筝银烛高堂深。
绣衾不暖锦鸳梦，紫帘垂雾天沉沉。
芳年谁惜去如水，春困着人倦梳洗。
夜来小雨润天街，满院杨花飞不起。

可见好的诗词，久远而传，附后呈现诗词也十分婉约动人，真乃文坛一大美约之事。

北宋与南宋时期，词发展到极盛时期。南宋时的社会城市已形成一批士大夫贪图享乐生活的历史条件。而词的发生在北宋时，个别文人做官不成或在位时不顺，更有不少身处时势之中的文人墨客，在民间抒发其特有的情爱或描写情色之词，成为当时承继唐和五代时期诗词言情的传统，更便于市景之中吟风弄月，不能不叫好的是北宋第一大词人柳永。

柳永有自己的思想，功名不成，富贵不就，他总比他人狂傲不羁而终身潦倒，其身世不畅，思想越变越颓废慵懒，助长他只能在秦楼楚馆中寄慰于女子。但是不能否定的是，他在词上的尽情挥洒终使其精神有所寄托。

金榜题名不中，落第后的思想在写成功的《鹤冲天》中所示：

黄金榜上，偶失龙头望。明代暂遗贤，如何向？未遂风云便，争不恣游狂荡？何须论得丧，才子词人，自是白衣卿相。　　烟花巷陌，依约丹屏障。幸有意中人，堪寻访，且恁偎红倚翠，风流事，平生畅。青春都一饷，忍把浮名，换了浅斟低唱！

至此，再看北宋词人秦观（1049—1100），字少游、太虚，号淮海居士，高邮人。秦观是在柳永后的大词人，官途不顺，在党争中失意，一生贫困潦倒，只能借酒色抒怀心中不平不畅之意。他所作的那首诵唱爱情纯洁美好而脍炙千年的《鹊桥仙》是多么美好：

纤云弄巧，飞星传恨，银汉迢迢暗渡。金风玉露一相逢，便胜却人间无数。　　柔情似水，佳期如梦，忍顾鹊桥归路。两情若是久长时，又岂在朝朝暮暮。

秦观与歌舞女子交往至深，有许多词乃因类此内容而作，少不了描写可爱的女性。他创作的《鹧鸪天》：

枝上流莺和泪闻，新啼痕间旧啼痕。一春鱼鸟无消息，千里关山劳梦魂。　　无一语，对芳尊，安排肠断到黄昏。甫能炙得灯儿了，雨打梨花深闭门。

词中最后佳句“雨打梨花深闭门”已成为千古文人传诵之语。

不可否认，秦观的生存现实决定了他只能专情于深深喜欢的女子，而这成了他大部分的创作源泉，又如《浣溪沙》：

漠漠轻寒上小楼，晓阴无赖似穷秋，淡烟流水画屏幽。
自在飞花轻似梦，无边丝雨细如愁，宝帘闲挂小银钩。

北宋、南宋词人的生活环境，其经历与爱好决定了他们的创作过程，有很大部分同情色有关，比如苏轼、欧阳修等人均作过不少缠绵甜美而又付于真情实感的爱情诗词。有些诗词还在精通音律后谱曲传唱，如北宋末年的周邦彦等人。

宋代，在中国历史上是个繁荣朝代，故产生了不少有名的诗词大家。不可否认的事实是，一批艳丽深情的作品受当时渐渐成为统治地位的程朱理学的影响，受到了束缚。后人在研究中要分清主次，但要看到这总归是中华文化宝库中的一页，又不能完全否定，且值得去研究探讨的一件事情。

明朝取士之策

明清之际出了一个史学家、思想家黄宗羲（1610—1695），字太冲，号南雷，浙江余姚人。其父黄尊素（1584—1626）为东林党首，被魏忠贤所陷害。

黄宗羲有名言："天下之治乱不在一姓之兴亡，而在万民之忧乐。"他主张改革，而最精辟的是对朝廷执政时的用人之策的批评。黄曾讲过，"古代时取士太宽，而用士之时却非常严。而今选士时严，使用时却很宽……一时如苟得取士，上就列于侍从，下亦可置之郡县……可以探究一下，是否为取士之善法，这竟为功名气节人物？不及汉唐远甚，徒使庸妄之辈充塞天下，岂天下之不生才哉。"数数几言，讲清楚了朝廷选取能人之弊端。

这正如明孝宗朱佑樘（1488—1505 年执政）时期，士人张南轩忠告孝宗帝"陛下应当求取通晓事理，明达时事之人，而不必取只能办事之臣，若只取求办事之人作臣子，则它日会败于天下之大事，故不必求此类人做官。这为万世用人之法。""天下取一些有小才干，小智慧者可以备作一官之用，天下未尝无人。惟为国家利益之安危，大形势所关系。非求晓事之臣不可。"明清时，有张南轩的此番宏图大论真不简单。晓明了用人要用一些有深远思想、有高深理论和谋略之士，选出明白人，这才是治国的大事。

细细一推敲，明朝时杰出的思想家、文学家、教育家、军事家，千古奇人王阳明（1472—1529）即王守仁，本名王云，字伯安，号阳明，浙江余姚人。有著作《王文成公全书》问世。他认为天下成大事，能办大事，有大勇者，指有经世伟业人士必然能做到“言语正道快意时，便截然能忍默得。意气正到发扬时，便翕然能收敛得。愤怒嗜欲正到沸腾时，便廓能消化得，此非天下大勇者不能。”这不正指明，有大智慧者还需有明明白白的举止行为，向朝中指明了用人得选怎样的人才，此不是识人策略吗？

古时用人也有一或左，一或右，摇摆不正之况，朝中也无明确的用人大法，个别单凭陛下与一些执政重臣的荐举就择人取士。有了科举制后，虽说历朝历代有了用人之策，但此标准也非一定能选出有大智慧、有治国理政大方略者，能起到制定大政方针、强国富民安邦之策者才是首选，而君王的统治理念往往相背，纵观历史也非全能做好做优选人之事。历代君王在选拔官吏时明白此理者少，而糊涂行事者也绝不在少数。

周予同《经今古文学制度异同举要表》

1959 年，复旦大学周予同教授给大学生讲授《经今古文学制度异同》，受到复旦学生一致好评。时间已过去 64 年，今天社会上的专门研究者和在大学中学习历史、文学的青年仍然对周先生这门课程中相关的《经今古文学制度异同举要表》尤感兴趣。

特向各位阅者推荐此表。

此《举要表》抄录自林丙义先生 1959 年课堂笔记。

经今古文学制度异同举要表

今将经书中的有关古代制度异同较为重要的，表列于下，以明古代史实传说的不同，并以明治古代史者不能舍弃经今古文学的研究。

制度	今 文 说	古 文 说
封建	（1）分五服，各五百里，合方五千里。 （2）分三等：公侯方百里，伯方七十里，子男各五十里。 （3）王畿内封国。 （4）殷三千诸侯，周千八百诸侯。 （5）天子五年一巡狩。 （6）诸侯比年一小聘；三年一大聘，五年一朝天子。	（1）地分九服、亦各五百里，并王畿千里，合方万里。 （2）分五等：公方五百里，侯方四百里，伯方三百里，子方二百里，男方一百里。 （3）王畿内不封国。 （4）岛会诸侯于涂山，执玉帛者万国；唐虞地万里，容百里国万国。

续表

制度	今文说	古文说
封建	（7）国灭君死，正也，无去国之义。 （8）复百世之仇。	（5）天子十二年一巡狩。 （6）十二年之间，八聘、四朝、再会、一盟、一朝聘。 （7）音太王去幽，狄人攻之，乃逾梁山，邑于岐山，故知有去国之义。 （8）复仇之义，不过五世。
官制	（1）天子立三公、司徒、司马、司空、九卿、二十七大夫、八十一元士，凡百二十。 （2）无世卿，有选举。	（1）天子立三公，曰：太师、太傅、太保，无官属又立三少以为之副，曰：少师、少傅、少保，谓之三孤，又立六卿，曰：家宰、司徒、宗伯、司马、司寇、司空，六卿之属士天士庶人之在官者，凡万二千。 （2）有世卿，无选举。
赋税（兵制附）	（1）远近皆取什一。 （2）山泽无禁。 （3）十进出一车。 （4）民五十不从力征，六十不与服戎（二十行役，三十受兵，六十还兵）。	（1）以远近分等差国中园墓之赋二十而税一、近郊十而税一、远郊二十而税一。 （2）山泽皆入官 。 （3）一甸出一车。 （4）国中自七尺以及六尺，野自六尺以尺六十五皆征之。
家族制度	（1）九族：包括异性；凡父族四，母族三，妻族二。 （2）男三十，女二十，婚娶；自天子达于庶人。 （3）天下不下聘，有亲迎。 （4）主簿葬。	（1）九族专指本族，自高祖至玄孙。 （2）国君十五而生子，礼也。 （3）天子下聘，不亲迎。 （4）主厚葬。
宗教	（1）社稷所奉皆天神。 （2）天子有太庙，无明堂。 （3）七庙皆时祭。 （4）褅为时祭；有台祭。	（1）社稷所奉皆人鬼。 （2）天子无太庙，有明堂。 （3）七庙祭有日、月、时之分。 （4）旆大于郊，无台祭。

长短闲谭

文科生的阅读

友人孙子高考进入理想的大学，学文科也是有前途的。那天，友人问起让孩子暑期中阅读一些历史著作，增进知识点，从古文作品起步。我返家后探肠苦思，列出本人在历史系求学时看过的书单，这也是我大学暑期时额外向自己增压的往事。但全部读完当然有难度，只能选择阅读，对自己帮助也非常大。

“四部分类”（图书目录）：经、史、子、集。六书（六艺）：诗（经）、书、易（经）、礼（记）、乐（散失）、春秋（孔子编撰）。

《史记》（130卷）〔西汉〕司马迁；《汉书》（100卷）〔东汉〕班固；《后汉书》（120卷）〔南朝宋〕范晔；《三国志》（65卷）〔西晋〕陈寿。以上为四史，最好请文科生均去研读一下。

随后，《晋书》（130卷）〔唐〕房玄龄等；《魏书》（131卷）〔北齐〕魏收；《北齐书》（50卷）〔唐〕李百药；《周书》（50卷）〔唐〕令狐德棻等；《宋书》（100卷）〔南朝梁〕沈约；《南齐书》（60卷）〔南朝梁〕萧子显；《梁书》（56卷）〔唐〕姚思廉；《陈书》（36卷）〔唐〕姚思廉；《隋书》（85卷）〔唐〕魏徵等；《南史》（80卷）〔唐〕李延寿；《北史》（100卷）〔唐〕李延寿；《新唐书》（225卷）〔宋〕欧阳修、宋祁；《新五代史》（74卷）〔宋〕欧阳修。

到了元朝时又加上四部，《宋史》（496卷）〔元〕脱脱等；

《辽史》（116 卷）〔元〕脱脱等；《金史》（135 卷）〔元〕脱脱等；《元史》（210 卷）〔明〕宋濂、王袆。

到了清朝乾隆时期又加上《明史》（332 卷）〔清〕张廷玉；《旧唐书》（200 卷）〔后晋〕刘昫等；《旧五代史》（150 卷）〔宋〕薛居正等。

清末民国时，由清遗臣赵尔巽等人撰写《清史稿》（536 卷）；《新元史》（257 卷）〔民国〕柯邵忞。

本人虽已进入古稀之年，有时还会翻读《大学》《中庸》《论语》《孟子》这些文科生必读之书，当然，五经易、礼、书、诗、春秋也应一读。

本人感到，文科生的准备期，可用周予同先生主编的《中国历史文选》（上、下两册），其书适用历史系与其他门类文科学生阅读。大学生要开阔视野，增进文史知识就应该去研读一下，这是十分有益的，力求做到“古为今用”。本人大学一、二年级时学了周予同先生这两本书后，体会很深，培养了自己运用文言文史料和写作的能力，受益无穷。当代大学生应该静下心学些古籍。这么多丰富的文史类书籍不是要求全部去看，不要当书呆子，而是选择性阅读，坚持数年必有收获。

读《中国日记史略》有感

陈左高先生的大作《中国日记史略》十分精彩，此书助添本人对各类日记读本的学习兴趣。自1990年代在上海福州路书店购得此书后就百看不厌，对自己帮助很大。

左高先生自1947年在复旦大学任助教时，就辅导学生翻检《丛书集成》，要求学生广泛形成搜集整理古代日记的浓厚兴趣。后40年中左高先生搜集整理“四方遗书”并积极“网罗图籍”，在著作绪言第一句即言古代日记，源远流长，历史上有篇章可稽考的，已足有1 000多年。从日记起源到日记名称的由来，一一叙述，十分贴切。

此书从宋代日记兴起写至元代日记的衰落，明代日记的发展，明清两代日记作品与清代中后期日记的鼎盛。最后一章点名历代日记史料价值。一本近20万字的著作细抒研究了解古代日记的种种益处，并从日记展开述说了更多其他著作所涉及的经济、政治、外交、文学、军事、艺术、天文、地理、农事、气象、医药及各类地方掌故、民俗、名胜等资料，实乃研究学问的一大帮手。

鲁迅先生说过：“我本来每天写日记，是写给自己看的；大约天地间写这样日记的人们不少。……不像做内感篇、外冒篇似的需摆空架子，所以反而可以看出真的面目来。”诚然，如翁同龢日记便是屡见谴责李鸿章的话语。如“李相议及割地，余曰：台湾万无议及之理。”“（上）诘责以身为重臣，两万万之款，从何筹措？台湾一省，送予外人，失民心，伤国体，词甚骏厉。鸿章亦引咎唯唯。”“合肥（指李鸿章）今日谢折用封，可笑也。”从日记中可见，当时清廷中对割地赔款也有很大的不同看法。从此事例可知日记具有真实性，这是其一。

真实性是记日记，抒发内心之肺腑之言，由衷之言在某些典章传记中不便写出，而日记中明白写就。譬如张謇日记中记述自己长期和张之洞的交往，得到其有“五气”的印象，即少爷气、美人气、秀才气、大贾气、婢姬气，类似云云，真情实感所记。所以，在一些传记中，以日记内容的记述，因其真实性而以此作一定补充。

其二，具体性。日记是作者每日每时及时挥笔而就，所涉时间地点，人物活动一一记录。如要深入了解林则徐领导禁烟运动的全过程，包括前期准备，禁烟运动后 6 个月的补课工作，以及禁烟之中许多措施步骤、关键性的细节，就非得看林所写日记，才能综合理解此运动的来龙去脉和全过程。

任何一个历史史料均具有十分重要和实际的具体性操作。如要参考研究中国近代企业家的发家史，就必须掌握其经营史，就必须参照当事人的生活实录，你去多看和了解张謇、徐乃昌、郑观应、王同愈等人的日记，就能从中真正领悟到他们从事经营各自企业的不同与找出其若干的经验。

其三，新鲜感。从典章古籍、史料传记等各方面公开的文字中得不到的或解释不了的各种疑问，有时从隔了久远的古时日记中找到，顿生一种新鲜感。古人日记秉笔直记并抒发议论，数百年后，事过境迁，未经后人触及，一旦发掘出来顿感新鲜。如出国航行日记、旅途见闻、气象资料、考古发掘、人文艺术等，交往中的新鲜感记述之言有其独特的生命力。

左高先生书中谈及要研究清代南京地方昆曲演出史，苦乏资料，需填补空白，便要从何荫柟《鉏月馆日记》中寻出长年累月的第一手资料。要研究清代湘剧史，就必须从 6 种曲作者杨恩寿《坦园日记》中找出具体的史料。同样要了解清末文明戏的演出情况，不免去参考一下袁励准的《秋篱剧话》。

日记史料的价值除本身具有的开放和开发性意义外，其生命力早已远闻海外。明治二十六年（1893 年），日本汉学家大槻诚之就为南宋爱国诗人陆游《入蜀记》作注释，共分二册，由东京松山堂刊印，可见 120 多年前，陆放翁的日记就已风靡扶桑了。

又据晚清外交家容闳日记，现藏于美国。美《亚细亚杂志》曾连续译载了容闳日记，涉及大量中西关系史料，值得珍视。

看了陈左高先生著作得益众多。在著作附录中所引用日记简目太丰富了，简直是日记宝库。我们这一代的文科老生有多少人去阅读过？学无止境，青年一代有兴趣者补上这一课，丰富自己的知识积累很有益处。

中学记忆

在中学时我仍当班长，又是中队主席。因为小学时我一直当班长，所以，“老班长”称呼带入了中学。回想 1964 年初中时期有三件事遗憾至今。

政治教师夏雪珍政治课上得活，又符合学生心理。特别是期中考试要求大家在两节课中写一篇议论文，题目《“少而精”的实际意义》。当时，度过三年经济困难时期，经济上要发展生产，政治上又要讲“大跃进”的实际效应，企业生产已表现出热气腾腾局面。我们初中学生写小议论文两节课完稿。屠锦良同学与我十分投缘，政治课小组讨论时，咱俩谈到大发展生产必须“多而精”等，当堂考试屠同学实实在在大写“多而精”与“少而精”的辩证关系，结果，期中考试得 2 分。一周后，党报上有篇文章登了“多而精”发展当前科研、生产等紧迫性的文章，我还去夏老师办公室为屠锦良讨说法，从此夏老师记住了我。前几年，师生 50 多年后相聚，虽均已六七十岁老人，夏老师还能直呼我的名字。屠锦良同学已 50 多年未遇，我对他一直遗憾至今，永不能忘。我们小组讨论时不谈“多而精”不是没有期中考试不及格事情了吗？我记得屠的叔叔是“文化大革命”前新华社常驻美国记者屠培林。

遗憾事第二则。初中语文老师陈春兰布置作文《我的爸爸》或《我的妈妈》任选一，一周后交稿。同班张××同学（恕我不写出张的大名）吞吞吐吐对我讲，这两个题目写作有困难，为何呢？又不愿意讲清楚。我向班主任陈志刚汇报，因为我认为他家必有原因。我见小张上体育课，大冬天冷得抖豁豁，嘴唇发紫还称不冷，见他没穿棉毛裤。陈老师要我周日去他家了解了解，看到具体情况后不要在同学处讲。张同学住在西康路康定路转角弄堂内，进入 2 楼张家，见他父亲一脸病态躺在床上，我七拐八弯终于谈及小张大冷天穿得太少，他父亲低声说，家庭困难，布票又没有。我回家后对家母讲，想将自己那条半新的棉毛裤给小张，母亲对我讲，你另外一条已七补八补又短又小，你要送人你自己看着办好了！此事在我脑中盘了多日，棉毛裤还是没有送出。陈老师对我讲，张家是“黑五类”成分，父母是否在一起也不太清楚。我跑向语文教研组与陈春兰老师讲，作文题目是否可以增加写《我的哥哥》《我的姐姐》四个题目选一个。遗憾的是作文题目能改动，而小张上体育课时冷得直跺脚，一直大口呼气的样子至今我还记得。上山下乡时小张插队去了，从 1968 年至今咱俩未遇。那条半新半旧的棉毛裤最终没有送给小张同学，我一直遗憾至今，我 13 岁时不懂事，太小气了。

遗憾事第三则。四班的于邦南与咱们班的陆信荣均为小胖。20 世纪 60 年代胖孩不多，可他们俩不知何故总扭扭打打，友好在一起，十几岁的孩子打打闹闹也是一种亲密的表示。我一直对陆同学讲，你不要一直与小于同学在一起，他不是咱班的，平时在校园中见面不要经常嬉闹在一起，于的父亲是咱们区公安局局长。那天，上午课还未结束，陆信荣去了中心医院。当时，作为班长的我并不知道什么原因。后见陆手臂打了石膏返校才知道与于打闹时陆的手臂遭殃了。小于赔了医药费，陆在考试前拆去了石膏，手还有些肿。嬉闹打骂成“有趣”真不值得。我遗憾的是，靠我一个小班长，提醒是没有用的。青少年时期的男生有多顽皮，或造成不可预想之事司空见惯，习以为常。这件事虽小，但在我长期记忆中仍像昨日发生之事历历在目。

师恩难忘

2021年11月24日中午时分，我得知92岁高龄的吴振棣老师去世的消息，十分悲痛。吴老师是中共党员，上海教育学院（后并入华东师大）历史系副教授。前几年，因年老体衰进入养老院。据说吴老师23日晚上还顺利进餐，深夜2点查房时见她睡得很稳。可到了24日清晨6时许，她杳无声息地驾鹤西去。作为她的学生，近40年点点滴滴的交往仍历历在目。

当时，我在上海教育学院开办的本科班读书。学生们都很尊敬吴老师，她也客气地向学生点头招呼，十分平易近人。

吴老师的教学不仅以理服人，而且以情感人。听她讲课，有个别学生会情不自禁流下热泪。特别讲到清政府的腐败没落，与外国侵略者签订丧权辱国的条约时，吴老师讲得有声有色，同学们听得激动不已。吴老师的语言精练，条理分明，特别是板书精美。“中国近代史”的笔记，我认真记录，至今还保存着吴老师的授课笔记。我也是一名老师，讲过中国近代史课，我的讲稿中留存有吴老师的讲课精华，我受学生称赞，有一半是吴老师的功劳。

记得吴老师给我们讲“中国近代社会中若干问题”，十分精彩。在毕业近20年后，我翻阅当时课堂笔记，想法油然而生，决心遵照吴老师的研究方向去探究这些问题。我花了半年时间，查找资料等，终于写成了《试论中国近代社会发展中的四个问题》并在 2001 年 4 月《理论文萃》杂志第 2 期上发表。此文收录在我退休后出版的第一本著作中，我去吴老师府上请吴老师指教，她十分高兴并大加赞扬。

在历史系多位老师的教诲下，我毕业后写了不少相关历史、政治、社会学的论文，有的论文被一类杂志刊用，其中就有吴振棣老师的谆谆教导和期望。

吴老师走了，走得太突然、太快了。记得我与妻子两人去南昌路吴宅探望过她多次，因为妻子是吴老师的邻居，早在我认识吴老师之前已与她相识。1960 年代的邻居能与她见面，她高兴地拉着我们的手，笑得灿烂，所以，当时她的音容笑貌一直留在我记忆中。

日本的阿波舞

夏日，在日本德岛宾馆内，我们一行四人在用晚膳时，服务员通知，晚上8时有日本民族舞表演。我们夫妻是第一次到日本旅游，早就听说日本的阿波舞很有趣，所以，饭后兴致极高，来到3楼60多平方米的前厅，坐在沿壁二排简易的长方形条凳上，静候表演开场。

8时许，从边门走出八位中老年男士，每人手拿一件古乐器，穿着富有特色的鲜丽光亮的淡湖绿和服，每人头上扎着一块类似衣服颜色的头巾，脚上雪白的袜子，趿着嵌脚趾的崭新的软底拖鞋。八个人一上场就调音手上的乐器，十分敬业地站着拉弹起日本民歌小调。

随之，灯光全部亮起，左手边拿乐器那位中年舞者兼报幕人，他一本正经地说："日本民舞阿波舞马上开演了。大家知道'浮浮连'是我们舞团的名称，人数不多但继承了日本舞团浮浮连的传统。有人讲，跳舞的人是傻子，在边上看的人也是傻子，而看了此舞之后不加入一起跳的人更是傻子。"这样的开场白引来一片欢悦的笑声。

舞蹈团是鸣门阿波舞振兴协会所属连，人数约80人，每月总安排聚在一起排练舞蹈，中老年男女参加较多，也有少量年轻女士参加，甚至还有小学生参加的"浮浮童子"。大家聚在一起自演自娱自乐，将日本舞蹈艺术和强身锻炼结合起来。在震耳的音乐中看到男士们豪爽快捷，有力地吹拉弹唱，有人打着拍子，手掌拍得很响，那认真劲十足；女士们则手拿日本扇，一步一摇，一扇一摆，女舞者的衣服从色泽到合体裁剪看得出一套服装价格肯定不菲。最有趣的是最后出来男女两个“浮浮童子”，那一招一式，认真有趣的模样比成人舞者有过之无不及。

声音越来越响，音乐节奏砰砰响，大人小孩一起在小小的舞池中欢快腾挪，舞者邀请边上看舞者一起加入队伍，旁边十几位旅友人人都笑吟吟地手舞足蹈起来。阿波舞动作简单，看了几遍就学会了，步子简，胯动大，如手上有扇子，一或遮面，一或拿在腰部晃动几下，仅过几分钟，全体人员都能有节奏跳起来，傻傻的样子，只要加入动起来，立即出了一身汗。有人讲，在国内从不参加集体舞，到了日本学会了跳集体舞，还是日本民族传统的阿波舞。9点不到，声音刹那间静了下来，阿波舞团的日本男女舞者借宾馆场地舞得起劲，这次跳舞者有近30位。9时许，大家都悄悄离开，不会影响宾客或附近居民休息。

这是十几年前的经历，我当时手拿相机为舞者，特别是为友人和妻子拍了一些照片，这些相片看看很有趣。至今对参加日本鸣门阿波舞的场景历历在目，特别对日本每位参加阿波舞的大人小孩那种执作的“认真”劲至今不忘。

江宁路忆旧

我从小生活在江宁路武定路口的元吉里，小时候的回忆时时印在脑海，有些还蛮有趣，令人深思。这些“东西”写出来给后辈看看，当作茶余饭后的话题。

一

71 年前，我 1 岁左右。母亲是职业妇女，在上海市贫儿教养院当老师，工作十分辛苦，母亲体质又差，故生我后没有奶水。3 个月后，我因营养不良生了一场大病。住在医院治疗后，父母亲听从医生建议，找了奶妈哺养我，才慢慢将我身体调养好。

我 1 周岁左右开口说话，第一句开口的话，就是本人创造出来的“bo……”，原因十分有趣。我家住江宁路 455 弄 4 号，457 号起是铁华铁工厂的堆栈（即仓库），后改名江宁机床厂。1960 年代改为半工半读厂校教室，以后又用作机床厂的金工车间，曾发生过一次火灾，烧毁了 100 多平方米的车间。而在江宁路 469 号起有一排小洋房，第一间的户主是印度人，男主人缠白色头巾，一脸大胡子，两只眼睛淡绿色，样子怪怪的，长期住在上海经商，能讲中国话。我在奶妈的怀抱中，常在弄堂口晒太阳，奶妈找人攀谈，且十分喜欢去弄堂口看东看西。印度人只要见我，又白又胖小囡，非要抱一下，并亲亲我。所以，本人人生第一句话，第一个发音就是“bo……”，只要一见印度人就发出害怕的声音“bo……”。过后，凡我顽皮不愿意吃饭、睡觉时，家长只要对我讲“bo 来了”，我就乖乖听话。

平时，出弄堂就朝北边看，有否“bo”的身影，能避即避，不愿见此大胡子。平生连“爸爸妈妈”还叫不连贯时，我记忆中就对“bo”有了恐惧，此印象太深了。过后不久，约在 3 岁前，我不敢搭理的印度人离开了中国，469 号小洋房归丁姓主人居住至 1993 年附近一大片里弄房拆迁为止，大家纷纷离开居住地，向上海地区四面八方移居。

由此想到 3 岁时，我学会的第一首歌还是越剧。这可能是命中注定长大后我要吃开口饭的先兆。当时门牙脱光，还奶声奶气，吊着嘴唱“红太阳，当空照，五星红旗迎风飘……婚姻法有保障……”刚一解放，上海收音机中全是“新婚姻法”的宣传。奶奶是浙江百官三界人，喜欢听越剧，所以，戚雅仙抖豁豁声音，每日在收音机反复播唱，她教我的歌就是这样一首越剧歌。当时，家中来了客人，父母还要求我用越剧唱这首歌给客人听，至今，我已是 70 多岁老人，还能哼几句歌词。

人生第一次做的事情太多了，有做好的，有做错的，当客观社会条件养成了个人习惯，实际上在每个人的脑海中对各类事物正反、喜好、恐惧等的反映都会随着年龄增长在记忆中反复出现，想想还是很有趣。“bo……”声成为我人生开口说话的第一个声音，当然这是 71 年前的事实。

二

元吉里是坐西朝东石库门五幢五屋，仅2号、4号两个门牌号的一条弄堂。沿江宁路朝北是一排西式小洋房，一个号就是一幢一屋3层楼或2层楼的小洋楼，有煤卫，一家人住一门是很好的。记得上小学起，特别是1960年代困难时期起，江宁路469号底楼朝西一间，仅十几平方米，突然空了出来，不知什么原因，丁家将最下面一间让了出来。丁家老伯是工人成分，他为何突然非要让出一间，里弄中大多数人均不得而知。

记忆最深的是1960年代初期那几年，469号底楼屋内住进了一个手上、脚上戴镣铐的人。此人年龄比我们这些红领巾大10岁左右，长辈们对我们讲，这是一个“武痴”，千万不要去耍弄他。好奇心促使我们这批小毛孩时不时趴在江宁路沿街窗口朝里望，有时“武痴”会朝我们笑笑，有时一口吐沫飞向我们，小孩们一哄而散。

被关者汪忠伟是一个著名高校的大学生。据其家人讲，在“反右”时，一个寝室汪年龄最小，大家直喷这位年龄最小者，说寝室中的极右言谈均出自汪的口中，还称他写了反动标语，他人一一过关，小兄弟发神经病后返还里弄。汪忠伟中等身材，长得十分清秀，薄薄的嘴唇一口顺溜的普通话和上海话，时不时还对我们小孩讲一些外国话和时事类的东西。汪20岁左右，成了“神经病人”，学业不成靠父母养着，稍不顺气还时不时动手打父、母及姐姐，家属“吃生活”多了，只能恳求里弄居委会想办法将其“关”起来。

汪精神稍恢复正常，解除了身上的镣铐，在里弄看到我们小学生，还跟我们一起玩。踢足球是我们男孩最喜欢最有兴趣的事情。隔壁大哥丁洪良有一个足球，我们经常围着他玩，汪看在眼里，对我们讲，你们身手不对，扑点球应该怎样怎样。他的加入成为我们小毛孩“欺侮”的对象，近身三四米，一狠脚扫过去，不管身上、脸上朝这个连手套也没有之人砸过去，被我们小孩耍玩的是一名考入著名大学的高才生。

记得有一次汪发病严重时，嘴里始终讲一句话：“中国巴基斯坦通航”“中国巴基斯坦通航”。我们还会学他的口音，在江宁路上学路上一直学讲这句话。这“武疯子”同我们这群小毛孩在一起玩，从来没有欺侮过我们，我们人小也不懂，为什么大学生会变成这样。

三

江宁路469号“武疯子”不住后，底楼房子空出来没多久，记得“文化大革命”前搬进了一对夫妇，有两个女儿，一家四口其乐融融。男主人黄柏×，女主人的父母是武定路小菜场边上每日清晨分送牛奶的一对上海籍老人，所以，邻居们对这户本地人很熟悉。

记得1966年春天，那天下午放学后，见469号门口来了一辆卡车，黄柏×一个高伟且十分精练的美男子脖子上被挂上两只皮鞋，站在门口“斗争”，女主人疯狂地扑上去，嘴里喊“不能这么对我丈夫!”不一会，女主人也被拉着站上凳子，脖子上挂上两只“鞋子”。我们小孩当时不懂脖子上挂鞋子何因，站我身旁也在看热闹的家父的堂房婶婶张秀英对我们小孩讲："你们人小还不懂，挂鞋子就是轧姘头。""哇！"小孩们全懂了。以后，只要走过469号门口，"轧姘头"声音时有想起。而内中是否有冤情？真不知还连累苦了两个玲珑乖巧的小女孩。

不多久，这家四口人搬走了，还是搬离为上策。

四

江宁路471号陈家也是一门一户3层楼的小洋房。两位老人住2楼，3楼由儿子媳妇带孩子住，底楼小间会客及餐用。平时，后弄堂经常飘出咖啡香，这股香气在20世纪五六十年代让我们小孩闻之好奇。当时，在江宁路康定路口转角有"康乐合作商店"（以后改成"康乐食品商店"）。小方块含糖咖啡要1角一块。我们平时难得喝一口，始终感到没有陈家飘出门的香气足。据里弄个别管闲事的长辈们讲，这对骨瘦如柴老夫妻是去买厂家的咖啡渣来熬茶。苦咖啡渣用完后就泡浓浓的红茶加些糖。左右邻人的对话引起我这位小孩的思考，喝咖啡与红茶有何不可？说明陈家生活条件优越。个别传言多次在我耳边响起，邻人七传八传这对老夫妻解放前可能是吸食……，这些话有多大依据呢？

最好玩的是靠江宁路陈家门口装有一圆形的小小电铃，有人来访按一下方便开门。小孩子好奇常去揿一下，矮的同学骑在同学背上去揿一下。有一次，顽皮的小孩完成"工作"后，刚巧我路过，对我这样10岁不到的男孩讲，一个门铃已经吸引不了我的兴趣，去揿一下电铃有何乐趣。但那天正巧陈家大人开门出来，骂声还未起，我一看情势不对，开口讲：“我们约陈豪（陈家孙子）出来白相。”事情过去后，我们常想约陈豪出来玩，但陈豪是个乖乖囡，不与我们大几岁的孩子一起疯玩的，仅在边上看看，陈家长辈对他管束很严。

1968年，我和陈豪进了工厂，当了工人。50多年未遇到陈豪，但记忆中有过一次相遇。我知道陈豪所在工厂的副厂长是我的大表哥程琪。陈出身在知识分子家庭，父亲是工程师，母亲是教师，家教是很严的。现在，如时光回到60年前，小伙伴陈豪还会参加我们的弄堂游戏吗？

五

江宁路473号是一门一户2层楼居室，与469号和471号均为3楼相比少了一层。严家伯伯夫妻两个人住在里面，他们待人和气，严家伯伯人十分精神，上嘴唇有一撮小胡子，脸上挂着笑，骑一辆很旧的自行车，看到我们“红领巾”十分喜欢。严家姆妈长期生病，坐在后弄堂藤椅上，经常东家长西家短打听隔壁弄堂发生的事情。我在弄堂白相时被她问了无数次，产生反感。这人怎么“怪怪的!”，喜欢向我们小孩打听这、打听那。

我在康一小学读书时的班主任傅顺莲与夫君（上海女子篮球队教练朱仁棠）有时经过会进严家去探望老夫妻俩。傅老师曾向我透露过，严家伯伯与海峡对岸的严姓高官是亲戚关系，我在“文革”之前已知晓此事，但从未向任何人透漏过此事。

当时，我们小孩也根本不懂对岸严姓为何人？严家有对岸的亲戚关系又怎样呢?

六

江宁路475号也是一户2层楼独用煤卫小洋房。陈姓人家的儿子陈怡是我儿时玩伴，小名宝宝，他比我大几岁，所以1968年参加工作时，我是初中生，陈怡是高中生。自记事起，我们这些顽皮孩子在弄堂里疯玩时，只见陈家父亲笑嘻嘻看着我们。我们做了些错事，他总撇撇嘴角。宝宝有个妹妹陈忻(小名妹妹)。他们的母亲是上海一所重点高中的语文教师，一家四口人从不招惹别人，但陈家的父亲一直没有工作，在家做家务，还每天要帮隔壁严家去买小菜，买回家还要一分一厘算账。

听长辈们讲，陈父是右派分子，长病假待在家中，他喜欢站在弄堂口看江宁路上人来人往或各式车辆驶过。我小时总在想，弄堂口有何好看，一天中有多少时间看“马路”?20世纪60年代哪一年，记得好像是罗马尼亚有个领导人逝世，我们小孩也参加议论，当然根本不懂政治上的事。那天，陈家伯伯兴致很高对我们讲，你们晓得什么是政治?我解放前在重庆还参加过重要会议，我们小屁孩们听后大吃一惊。陈口才并不好，还有些口吃。是什么角色能去参加会议，追问他当时是记者或工作人员?是哪一派人士?陈父一看我问的问题太突然，太“复杂”，一转身就跑进自家门里，关门大吉。

回家后，我问母亲:陈怡爸爸的话可信否?家母对我讲，基本上可信的，否则陈家姆妈高学历怎会不配高学历男人呢?

你人还小，不要去管他家闲事。我一个十几岁孩子始终没有搞清楚，陈父解放前的工作是什么？右派平反后，陈家1980年代中期就搬离了江宁路。我对宝宝和妹妹两人印象很深，他们兄妹文雅，有礼貌、读书好，家教是不错的。他家搬走后不久来了一户区财贸办干部居住在内。

我曾看到那些考入大学的重点高中学生，在拿到录取通知书后来给陈怡姆妈报喜，那些十七八岁的男女学生在陈老师家门口鞠躬致谢的身影，我至今不忘，有知识真好，受人尊敬。

七

江宁路477号在475号北面弄堂里，特别有趣的是大门外圈用水泥围成，其内的木门是一扇近两米直径木圆门，进门一个小天井，能放三四辆自行车。这门很特别，真不多见。这是一幢煤卫独用的西式3层楼洋房，内有小花园20平方米左右。1楼20世纪五六十年代住一单身朱姓女士，人较长超过1.70米，剪一头齐耳的女干部样式短发，身体一直病恹恹，从不见她上班。2楼是同班同学毕大为三兄弟与父母、祖母住。朝南双阳台在中间部位搭了一间堆放杂物的小间。有趣的是我们在大为家躲猫猫时进入过里面，这一间可放床住人。我们小孩规规矩矩称大为的祖母“大为尔奶”，单身朱女士则称“朱家姆妈”。

两位在家不上班的大人，经常在2楼房间内晒太阳、扎鞋底、织毛线。看上去朱家姆妈手艺不错。我记事起，在毕家与三兄弟玩耍，印象中朱家姆妈手中有编织不完的毛衣。据元吉里2号堂房叔祖母张秀英讲，又是一个活生生的黄慧慈、陆根荣式的真实故事。当时，人小不懂，长大后才了解，封建意识浓厚的家庭，父母怎容家中车夫与小姐恋爱，脱离了亲情，朱女士一人住在此，只能与毕家老太做伴了。

我小学三年级时，那天，放学后的下午在大为家玩乐时吵了两位大人，朱家姆妈对我讲："侬清楚哦？侬阿哥与你不是一母所生"。当时，我像雷劈一样，马上飞奔回家，见了祖母非要一问究竟，祖母对我讲，等侬阿爸回家后侬问他吧！晚饭前，父母均从单位回家了，我反复追问，爸爸讲是这么回事，我当时还流下了眼泪，亲兄弟真的不是一母所生。事后，母亲对父亲讲，你带两个儿子去宝宝（宏仪）娘坟上烧烧香。记得一个星期天，天气很好，爸爸带上我和阿哥一起到绿杨桥地区姚家祠堂外的族地坟墓去祭拜。当时，已在三年困难时期，哪里还有祠堂及祖坟墓地，早已在公私合营后人民公社建设时推平了。经几户农民指认，在几堆土堆上插上香烛拜了一番。

阿哥宏仪之母是父亲的原配，因胆囊炎发作住院开刀不治身故，可怜哥哥当时只有 3 岁。

477 号 3 楼住一位女教师梁淑×，年龄 30 多岁一直单身。3 楼洋房朝南很大两间，一个人住十分宽敞。记得 1960 年代初期，我在姑母家五斗橱玻璃台板中看到一张上海市第一速成师范第五班全体师生合影（1958 年 7 月 8 日），在照片上找到过梁老师。照片上共有 60 人，可惜姑母不认识梁，我对姑母讲，此人是精神病人。为什么梁女士从不在家烧饭，每日下班后抱一只热水瓶到武定路上的老虎灶泡开水，但经常看到她在江宁路附近的大树旁立停后手拿打火机在一开一关，脸上还笑吟吟的，有时口中还念念有词，她在干吗呢？

我是中队长，又是班长，“红领巾”们曾向我提建议，看一看这个人是否是“特务”，手中拿亮晶晶的打火机是否是敌特工具？我人还小，一心想解这个谜。第一步，我就去向毕家祖母与朱家姆妈询问，为什么此人手中喜欢拿打火机，随时随地想起就可以站着开始“工作”，有时要搞上五六分钟或更长时间。两位老人经不起我一直追问，有一次她们对我讲，此是可怜人，读书时交往的男朋友，不知何时不告而别，朝国外一走了之，精神上日思夜想。至于手拿打火机笑嘻嘻的样子，是不是在回忆过去之事。一个男友毁了梁老师一生。

梁老师住的江宁路477号花园洋房也是附近所有居民区最好的一幢洋房了，这在当年英租界租地造屋时属十分完善的一幢洋房了。梁老师的长辈据传是这幢楼的大房东，我至今不能确认。477号顶层是一块很大的平台，我小时候曾在平台上游戏，逢“五一”“十一”时在顶层平台上看烟火一览无余，真是太好了！

八

毕家隔壁向北一块空地上曾有过一些绿地，在1960年代初突然变成小“乌龟壳”（三轮小客车）的停车场地。门口有一间租车业务办公室，空下来的司机喜欢聚在室内聊天、抽烟。

家母的单位成为胶州路第二小学，同校的高瑛老师与母亲是好同事。高老师一口北京话，因是北方人，顺溜的普通话上海老师都不及她讲得标准。高老师住在江宁路近玉佛寺附近的纺织同行业的纺园。记得有一次家母生病，我将病休请假单托高老师带去学校。当时已进入“文革”，我的工作单位又恰巧在高老师家附近。那天见到高老师的丈夫，一位清清爽爽在中学任职的中年人。“文革”中世事难料，不多久高老师的丈夫突然离世，我问母亲到底因何逝世？当然有原因，解放前的一段经历属“文革”中“斗争”范畴。怎么会突然离世？是否属于“自绝于民”？天晓得。

高老师的长子魁伟，讲话声音洪亮，有很好听的嗓音，到小客车出租站当了小头头，我们兄妹经过时均与大哥打招呼，有急事原本叫三轮车，现改成坐“乌龟壳”了。

记得有一天上午，高老师的大儿子急吼吼敲门寻母亲，哭着讲，昨晚高老师突发脑溢血医院抢救无效去世了。母亲与高老师是很知心的同事，听后大惊失色，流了不少眼泪。

活生生一个坚强又很会做家务，未到退休年龄且热爱自己本职工作的女教师就这么走了，母亲难过了很长时间。

1980 年，那寒冷的冬天，春节前几天，天更冷了。妻子产期到了，我急匆匆跑去出租车站叫了一辆小客车直驶医院，还用上了高老师儿子的大名，否则这么冷的大冬天，叫出租车很不容易。

九

江宁路小客车租车站边上是十分有名的上海女青年会，这是一所十分漂亮、建筑结构完全西式的大花园洋房。宽畅的 3 层楼房，木头扶梯拾级而上，连门厅边上的玻璃用的都是五颜六色的彩色玻璃，没有人办公时显得有些阴森森。1890年清光绪十六年，在戈登路康脑脱路口（今江宁路康定路口）设立上海最早的中华基督教女青年会，女青年会在各地举办劳动学校，为帮助广大女工学习文化，达到启发女生觉悟目的。

在中共组织下，运用女青年会的合法地位和特殊条件，为争取国际友好人士和国内上层进步人士的支持，又能介绍进步青年到女工夜校当教员，开展革命活动。当时，在1946年，上海市女青年会女工夜校从1所发展到6所，学生有1 000余人。第一工人夜校在小沙渡路三和里（今西康路910弄21—23号）；第二女工夜校在曹家渡的利南路仁和里（今长宁支路12弄3号）；第三女工夜校在沪东榆林路东晋成里（今榆林路783弄16—18号）；第四和第五女工夜校在南市裨文女子中学附属小学；第六女工夜校在麦根路（今康定东路）大任小学。综合上述可见，上海的女青年会在新中国成立之前起了进步作用。

新中国成立后，舅母孙爱贞曾是女青年会活动热心的参与者，记得她参加编织社，在“三八节”前还举办过展览及游戏活动，有猜谜语、小型乒乓赛、歌唱表演等，我小时候到女青年会参加成人活动多次，我们小朋友看节目并参加各种游艺活动很高兴。

平时，江宁路康定路转角处的这一女青年会大铁门紧闭，即使在大炼钢铁时期，居民的大铁门及窗户铁栏杆全作了贡献去炼铁了，而女青年会的铁门始终没有拆掉，一直保留到地块全部动迁后，才将这一十分雄伟且具有西式特点的建筑一起拆去，真有些可惜。

1968年，我17岁，被分配到工厂当了工人。比我们小三四岁、五六岁乃至还要小年龄的沿街儿童，在“文革”中，特别对此有大花园、洋房建筑的女青年会有“好奇加感情”。十几个里弄孩童一直去女青年会游戏，组成了“海岸风雷”活动队，当时，正在放映阿尔巴尼亚电影，学电影中情节，冲入这一游戏地去干“惊、险、奇”的活动。在女青年会大门及楼道干清洁工的是江宁路401弄一位中年女士。有几次，我从工厂下班回家，看到两个妹妹也参加玩“海岸风雷”，那位眼睛有疾且身材低矮的中年女士恶狠狠地对付这些小孩子时，我用身长超1.80米、人高马大的“新工人阶级身份”为儿童们打不平。我的理由是1950年代末、1960年代初可以作为一个学习与娱乐场所供市民活动，今天，“文革”中为何不开放？你们是什么单位，又有何理由对游戏的儿童这么严厉？你们从不在大铁门上挂单位的铭牌，女青年会不成立了，为何不可向市民开放成为一处学习场所？总之，我当时硬撑人高马大，玩笑式地站在里弄中这些儿童一边，名为“伸张正义”，实为进工厂后放工回家，无事可干，有些无事找事的感情用事。

到1980年代中期，上海女青年会转给了上海市儿童医院作办公或医学研究使用，但始终门口不挂铭牌。我有了女儿后，一直在儿童心理学及养育孩子的教育上有些体会，当时写了不少儿童心理与教养的文章给杂志、报纸，写成了一本《养育篇——献给年轻的父母》，其中有一半是已发表过的文章，我想请市儿童医院的姚念玖院长写个序之类的文字。到康定东路总院后，才知道市女青年会已转成市儿童医院办公地了，姚院长可能在此办公，当我转回到女青年会去找时，又知道姚院长已退休了。

后来，想到女儿也长大了，儿童心理学毕竟不是我的专业。我毕业于大学历史系，转入对历史题材的写作，几篇论文上手后，我将《养育篇》忘却了，至今我还留存《养育篇》底稿。

十

据上海地方志记载，上海女青年会在康定路上，而我们看到的大门大部分在江宁路一边。转角口有一所工商银行储蓄所，里面工作人员个个十分有礼貌，其中有一位微胖的女同志的孩子还受到过家母正规的学校教育。再转弯进入康定路就是静安区牙防所。过马路朝北江宁路 511 号就是原戈登路巡捕房，新中国成立之后成了江宁区公安局，以后变更为静安区税务局。

江宁路 455 号元吉里在康定路朝南走向上，至武定路口的中间一段。20 世纪初，英国人发起越界筑路时，在上海工部局主政下，为贯通南北道路，修起了戈登路（今江宁路）。少数有“地皮”的本地人的“豆腐干”（即小块地产）被硬性圈在其中。姚家祖上在这块地皮上由营造商肖智杰租地造屋，建起二幢旧式石库门里弄房，即“元吉里”。后由叔堂祖父姚金庚与家父姚家骏两人继承居住在此。

元吉里 2 号是三幢三屋 2 层楼房型，4 号是二幢二屋 2 层楼房型。姚金庚原是胜德塑料厂老板，后在“文革”时自杀身亡。他们家有近 200 平方米 10 间房间，除朝东 2 楼厢房租给邹姓住家外，全归自家居住。4 号有五户住户，父母在婚后搬入 4 号中。其余四户租客中三户是宁波人，二户姓蒋，一户姓孙，2 楼朝西统厢房是无锡人范家居住。1990 年代动迁时，我家包括一个自搭立不直人的小阁楼算面积共 56 平方米。而元吉里 2 号在十年动乱前后搬进四户人家，姚家被迫迁去他处，房屋变成了静安区烟糖公司的办公地，曾由专案组关过审查对象。至“文革”结束平反后元吉里 2 号姚家再返回原处居住。

元吉里朝南边上的弄堂有大铁门，门一上锁，平时是不通行人的，朝南靠着武定路转角上是小康里。两条里弄的两边空地处栏有一排竹篱笆墙。自 1950 年代记事起，我们兄妹四人常在弄堂里玩耍、乘凉，天热时曾在弄堂里吃晚饭，长辈们只要见子女在自己弄堂里玩也很放心。

“大跃进”时，前后门弄堂口的大铁门拆去了，不多久，房管部门又在小弄堂口为大家装了木门，我们知道铁门去炼钢铁了，连祭祖时用的铜蜡烛钎、铜暖锅、汤婆子等均给了里弄干部，为支援国家做了些小贡献。以后又经历除四害，消灭麻雀、拍苍蝇等一系列活动，我们儿童均十分高兴地参加，捉麻雀时还站在屋顶上敲锅盆盖吓唬麻雀。写作文时我向老师汇报我们“红领巾”在活动中的感受，今日回忆小时的情景还蛮有趣。现在麻雀成了益鸟，它也经历过一番折腾。

元吉里 2 号、4 号的故事太多了，有些事实不便讲述，每家均有每家事。第一代从旧社会过来之人，或多或少会影响到第二代人，而第二、三代居民均在新中国成长，不少是党、团员。也不乏教授、工程师、干部、教师、医生、营业员、工人等。元吉里虽不是72家房客，但一个时代的烙印，想起来真能写一本精彩的小说。

七八十年前的事情，让这些东西随风飘去吧！

十一

沿元吉里朝南是江宁路445号、443号、441号，如再从441号右手转入武定路就是大康里。当时，这三个房号的营造商，就是建造元吉里的肖智杰，已建成新石库门的结构。

解放前，英租界造房是从上海本地人手中“豆腐干”（即小块地皮）而来，“量地造房”不损失边边角角。中共中央在周恩来和李立三的提议下，非常慎重地委托在圣彼得教堂任职的红色牧师董健吾，找房为中共烈士遗孤与革命人士的子女开设全托制幼儿园。

1929年下半年，在戈登路武定路口找了这片石库门里弄房开办“大同幼稚园”。据当地老人回忆，这三个号即是当时的幼稚园园址。毛泽东的三个儿子全托在此，有文章介绍，三个孩子一个8岁、一个6岁、一个4岁，约在1931年3月入托。此园突然发生不利幼稚园生存的原因，1932年董健吾牧师及时在南昌路上找了幢独立的西式洋房将大同幼稚园搬去，园名还请宋庆龄女士书写。

大同幼稚园搬迁后，住进不少居民，其中，第二代小伙伴成了我们20世纪五六十年代同校玩伴。我们经常在元吉里与小康里弄堂中央的空地上踢毽子，造房子，斗鸡，打排球，踢足球等。在这条自1958年起四通八达的弄堂，像小马路一样，每天不知有多少人穿弄而过，又有多少小孩在此玩耍。诸不知，在 1930 年代初，毛泽东的三个儿子与许多革命家的子女也在这里晒过太阳，做过游戏。20 多年后，变成了我们这批“红领巾”的课余活动场地。

我出生在这里，我的女儿也出生在此。1993 年动迁时，邻人们均有不舍之情。这片居住地上有洋房，有新式里弄房，有石库门高大建筑，不知何因非要我们这片人数不太多的居民搬离。1990 年代初，上海其他地方比这片房屋“蹩脚”的房子多得多。

后记：《江宁路断想》是今年春节前开始动笔的。本人对小时候许多经历有念念不忘的回忆。今天，70 多岁的老人再回味一下过去，也算一种幸福。本文请小时候伙伴大为与小应两位先生帮助审定，谢谢两位！

著名报人程沧波

程沧波先生（1903—1990），字沧波，原名晓湘，又名中行。1903 年生于武进城花椒园，即今常州，此地为人文荟萃的江南鱼米之乡。

程沧波之父程景祥，字葆真，乃举人出身，一直走着幕僚之途。前清时期，幕府中人才辈出，程景祥是经过七年“学幕”的训练，慢慢成为能够办理实务，即各类政务的幕客。他曾在山西、河南等省，兼着巡抚与藩司两个衙门的总文案。工作之忙，常常三四年才能回家探亲一次，可见当时在清政府藩台之中当幕客也是很不容易的。

程沧波四五岁时，因父亲在浙江藩台衙门做幕客而举家迁至杭州，原本想安稳数年，想不到三年后父亲随浙江藩台调升山西，则让全家仍返回常州老家，程沧波开蒙前可见也是随着父亲之职全家动迁。

一、就　学

程沧波孩提时，在程家塾中学了 5 年，到家塾解散后，他考入冠英小学高等一年级，至 1915 年夏季小学毕业，考取了常州中学。可他并没有去常州中学读书，在开学前 10 天，父亲让儿子程沧波拜师钱名山。

钱名山（1875—1944），字振锽，常州人氏，近代书法家、诗人，极聪慧。他 16 岁中秀才，19 岁中举人，29 岁中进士，授刑部主事。钱办事认真，却屡屡不满朝廷腐败无能，而愤然挂冠而去，不再仕进。他的父亲认为儿子“秉性高疏，不宜从事经世之业，当著书名山以老”，原来名山之号由此出典。钱名山不当官却痴心于读书、教书、著书三部曲而为造就人才。当时才俊艺林中，谢稚柳、谢玉岑、程沧波、郑曼青、马万里、伍受真、王春渠、邓春澍、张大千、朱屺瞻等诸位均曾问学问艺钱名山这位“江南名儒”。程沧波先生对恩师赞赏有加，对钱名山谈论二十四史如数家珍更是佩服。沧波先生在恩师教诲下从读经、习文、学诗中奠定了优异的国学基础。而钱名山的两位千金也均能文章诗赋并进，后分别许配给弟子中的佼佼者谢玉岑与程沧波。沧波先生在钱名山的指引下读了 4 年私塾。

1918 年，程沧波进入上海南洋中学，毕业后考入圣约翰大学并在 1924 年转学入复旦大学政治系。当时圣约翰和复旦两校的学生相互转学的比较多。据沧波先生亲身经历，圣约翰学生读书实在认真，校内图书、仪器十分完备。而复旦学生的活动精神与培养的能力确实惊人，他们开朗、有政治意识。所以，当时要留学外国大学的学生，往往在圣约翰学两年或三年，再转复旦读一两年，这样具备了去国外读书的学习资本，能适应国外读书的环境与生活节奏。

1925 年，程沧波毕业于复旦大学。到了 1930 年，他又去英国伦敦大学政治经济学院进修，选读拉斯基教授的课程。在国内时，程沧波就读到拉斯基关于主权论的著作，而到了伦敦政治经济学院又亲自聆听大师之课，体会更深。大师上课1小时内口若悬河，滔滔不绝，他上课如同演讲，不用讲义，没一刻停顿。沧波先生称大师之课，使“愚人之所惊，小人之所喜”，“喜为异说而不让，敢为高论而不顾”确切评价不为过。

到1931年春，程沧波学成回国。他主要的求学经历，基本到此为止。不计以后又去国外研习进修经历。

二、就　职

早在圣约翰大学求学时，约在1923年，程沧波在同学陈训恕推荐下拜访兄长陈布雷，而当时《上海商报》的主笔即陈布雷。程沧波将两篇文章投给《商报》亦受到陈布雷鼓励。程回忆，“一九二四年冬天，齐卢战争未终，京沪路中断，寒假中我留在上海，当时上海报界阴历过年停版七天。有人借《商报》出年报。我天天晚上去《商报》写杂评。《商报》当时经济奇窘。两大间编辑室，勉强生了一个火炉。室内人几包花生米，其乐无穷。有时布雷先生夜深了偶然到来，我们更觉得一室生春。公展先生是要闻主编。他的工作紧张，很少有时间能随便谈天。我与《商报》馆，有三四年的历史关系，各种文章写过篇数不少，从来没有支过一文稿费。但当时我从梵王渡到租界，几视望平街和我的老家一样。可以想见布雷先生当时对青年们的吸引力之大。”这也是沧波先生最早将踏入新闻一路的前奏曲。

1925年，程沧波在复旦大学毕业后由陈布雷推荐在上海《时事新报》任主笔。1927年4月，陈布雷从浙江省政府秘书长任上，在5月间转任国民党中央党部秘书处书记长。程沧波当时也在宣传部服务。中央党部陈与程的办公室只隔一个天井。1931年春，程沧波从国外学成回国任国民议会秘书。第二年5月成为改组后的《中央日报》首任社长，年方29岁。他在新闻界领一方重镇，自是责任重大。

1934年2月4日，上海沧州饭店召开太平洋国际学会执行委员会会议，胡适约程沧波在旅馆晤面，对时局交换了意见。据《胡适日记》记述，“他谈南京政治，很有意味。他说，我只看见行政上小有进步，政治上危机很大，领袖人物多不懂政治，甚可焦虑。他对于精卫，甚不满意，其言甚可代表一部分人士的公论。……我对他说：子文也是不懂政治的，他的毛病在于不知守法为何事。南京政治的大病在于文无气节，无肩膀。前夜我对精卫老实说，武人之横行，皆是文人无气节所致。今天我对沧波谈，也如此说。他也同意。”可见，此两人的政治见解基本一致，对当时的政府是有看法的。

1937年10月底，程沧波奉派去欧洲，先是意大利，经巴黎到比利时布鲁塞尔，再去伦敦。而他到英伦时，“闻首都沦陷而家属消息不明者数月，疾苦惨痛，乃为有生以来所未有”。1938年4月，程从英返国，5月13日从香港飞回汉口，晚间陈布雷由武昌渡江来看他，两人相见几如隔世。据程的回忆：1939年“五三”“五四”大轰炸，《大公报》《新蜀报》《时事新报》《新民报》《中央日报》均遭毁伤。日机无理轰炸，但当时报刊不能停刊，程沧波被推为各报联合版主任委员，开始时在《时事新报》办公，后又遭敌机轰炸，改在《国民公报》办公，这一联合版前后维持了 100 天。

1940 年秋，程沧波被免去《中央日报》社长之职，调去监察院任秘书长的闲职。在此提一笔，在重庆时，程沧波还兼任重庆复旦大学新闻系主任，主讲“新闻评论与新闻采访”，他对选修“社论研究”学生，开出了不少古今中外必读著作。

1941 年，程又被中央党部派往香港，任《星岛日报》总主笔，进行了该报的人事重整工作。半年不到的时间，太平洋战争爆发，他即返回重庆，曾与成舍我等人合作组织中国新闻公司并投资经营重庆版《世界日报》并任总主笔。抗战胜利，国民政府委任他为江苏监察使。1947 年，程辞去监察使职，任《新闻报》社长。《新闻报》倡导民主自由，论述宪政，正统舆论而成为上海一张大报，影响很深很广。

1948 年，联合国在日内瓦召开国际新闻自由会议，程沧波为中国首席代表，率团参会，他对采访及言论自由提出许多意见，受到各国代表的重视。1949 年 5 月，程沧波辞去《星岛日报》总主笔。1950 年冬，在香港与王云五、卜少夫、陶百川、陈训畲、左舜生、徐复观、阮毅成、刘百闵、雷啸岑、许孝炎等人筹划《自由人》三日刊，1951 年 3 月《自由人》刊印，程沧波写了发刊词。成舍我任社长兼总编辑，董事长左舜生，总经理卜少夫。同年程到了台湾。

三、两篇重要文稿

国民政府的文胆属陈布雷，而程沧波能文，也常受到蒋介石的倚重。有两篇文稿，值得一提，一是 1949 年 1 月 21 日蒋的引退文稿，当时陈布雷已自杀，程沧波完成了此文。

而另一篇则是由程沧波起草完成的1937年7月17日的《对卢沟桥事件的严正声明》，当时陈布雷正在生病，程代布雷在2个多小时中极快下笔而成，当时足见其才情跃然文中。有“和平未到绝望时期，决不放弃和平，牺牲未到最后关头，绝不轻言牺牲。”“战端一开，地无分南北，年无分老幼，皆有守土抗战之责任，皆应抱牺牲一切之决心。”“‘人为刀俎，我为鱼肉’，我们已快要临到这极为人世悲惨之境地。这在世界上稍有人格的民族，都无法忍受的。”“此事发展结果，不仅是中国存亡问题，而将是世界人类祸福之所系。”程爱国之心可见一斑。这一文稿当时并不知是沧波先生所作，这段历史载他撰写的文章《蒋总统与我》，对研究民国史的专家、学者可作佐证。

现将全文录于下。

民国二十六年夏天，是庐山牯岭最热闹的一年。中央日报早决定那年夏天，在牯岭开办“中央日报庐山版”。那年我上庐山特别早，当时庐山有大规模的训练班（大概在海会寺），同时，中央邀请全国各界领袖，包括学术界、工商界等等，到庐山举行谈话会。所谓谈话会，正式开会的时间很少，多半是由委员长邀请谈话。其方式是茶话或吃饭，人数每次七八人，不超过十人。全国各界领袖被邀谈话时，指定若干人作陪。我是被指定在学术界宾客接见时经常作陪。

卢沟桥事变后，山下的空气天天严肃而紧张。我住牯岭九十四号仙岩饭店。有一天中午，我没有轮值去陪客，正踏进饭厅要吃饭。忽然委员长官邸电话叫我立刻到委员长官邸去。客人陆续到达，那天的客人都是大学校长及教授，记得沪江大学校长刘湛恩亦在内。客人到齐，委员长出来与来宾一一握手寒暄，接着吃饭，边吃边谈。每位来宾分别讲话，我只是恪守陪客的身份，陪着吃饭听话。饭吃完了，客人起立告辞，一一出门，我正准备随着客人出去，委员长忽然示意嘱我稍留。客人走完了，委员长坐下，叫我也坐下，他说："布雷先生病了，你替我写一篇稿子。"我说："什么样的稿子？"他说："针对当前时局的一篇稿子，预备在训练团发表。"我立即会意那等于在卢沟桥事变后，对时局的宣言。随后委员长扼要说明这篇稿子的内容，其要旨，就是"和平未到最后关头，决不放弃和平""牺牲未到最后关头，决不轻言牺牲"。其余为"地无分南北、人无问老幼"等句子，都是委员长亲口口授的原句。约略谈了十几分钟后，我请示稿子什么时候呈阅，委员长指示"今日下午七时。"我一看表，当时已逾下午二时半，即致敬而退。到仙岩饭店，立刻到房中凝思。当时胡适之先生住在我隔壁，他不知如何知道我将起草一篇重要文稿，他跑进我房间，他说："委员长平时的文稿总嫌过长，你此次能否用三百字完成此文？"我答："能六七百字或不超出一千字完成此文，已是吃力，三百字完成此文，我无此本事。"他笑着出去，说："不打扰你了！"

我正在凝思奋笔之时，钱大钧先生（当时侍从室第一处主任）敲门进入我室，他说："你能不能将文稿于五时完毕，因为夫人要先看文稿。”当时已逾下午四时，我说你快走，到五时再来取稿。五时一过，钱先生准时而来，我把稿子交给他。他约我晚间八时到官邸去。七月初在山下，已是炎蒸酷热，但在牯岭，早晚如秋季。委员长穿了绸质夹短衫裤，旁边有两位推拿医师为他推拿按摩，此时距西安事变已半年，但委员长腰背的伤，尚未痊愈，每天晚间规定受按摩推拿治疗。委员长指示我坐，一面推拿按摩。他说：“文稿已看过，很好，还有几处要商量斟酌的。”我坐在一旁，看两位推拿医师轮流按摩，半小时后我辞出。后来连续几天晚上我都到官邸去，对文稿续作修改。后从钱主任处知道牯岭每天与北平秦市长通电话，那边正在折冲，文稿约在四五天后方在庐山训练团发表，那等于是全面抗战开始的宣言。（六十五年四月传记文学廿八卷四期）

四、著作等身经历丰富、主张祖国统一

1951 年，程沧波经香港去了台湾，从 1948 年当选立法委员。在台湾时，任“中央大学”、东吴大学、世界新闻专科学校教授，又成为台湾书法协会理事长。一生之中，大部分时间以写作为主，留下了不少有参考价值的文章，他恪尽职守，写了不少英美两国有关政党制度的研究文章，另有忆友人及看东西方文化感受很深的亲历体会之文，更特别的是，程的新闻报道与时政评论数百篇存世之作，分别以《时论集第一编》《时论集第二编》于 1954 年 8 月与 10 月出版。因学历丰富，文化与历史知识根基深厚，还刊行《历史文化与人物》一本著作。

综观出版的《民族革命史》《土耳其革命史》《沧波文选》

等，均有研究历史之参考价值。

程沧波是一名著名报人，在中国近现代史中有独特的经历，是政府中的立法委员、江苏监察使、中央政治会议秘书。他当大学教授的经历丰富，奠定了研究时政与政治课题的基础。他痛恨日本的侵略，对抗战的胜利欢欣鼓舞。他对同僚之深情，从对每一位先逝者挽联之中所表达的真情实意足可见。他不会人云亦云，在政治上虽然走的是另一条道路，但他主张祖国统一，中国要走上现代化道路，在这一点上是著名报人程沧波的可敬一面。

此一事　彼一事（两则）

一

这几天，随手翻阅上海人民评弹团杨振雄先生所著话本小说《长生殿》。这本由杨振言1998年6月签名赠与的小说，我20多年后才翻读，有些过意不去。

左弦在序言（一）中述及“文化大革命”结束后，振雄先生得以将花了半生心血的《长生殿》，从记忆中钩稽、整理出来。杨视此书为自己艺术生命，《长生殿》便是杨生命一部分。

在序言（二）中，窦福龙先生称此书是“广陵绝唱”，在十年浩劫中被称为“为封建帝王歌功颂德，涂脂抹粉”乃至“妄图复辟”的罪证，批斗不已。

翻阅人民评弹团原领导吴宗锡著《评弹文集》后，才知左弦即吴老。他对杨振雄、杨振言兄弟俩评价很高，对《长生殿》出版由衷高兴。他称赞杨振雄发扬对待艺术事业和弘扬祖国文化的那种不计名利得失、殚精竭虑、锲而不舍的精神，这是十分可贵的。

行笔至此，想起55年前，我还是一名初中生，因学校停课“闹革命”，闲后无事，每天下午去上海人民评弹团，眼前是人来人往，大字报无数，批斗会不少。记得有一天近傍晚时，我走出南京西路评弹团，见对面“王家沙点心店”门口挤了不少人，穿过马路见电线杆上贴了两份“通缉令”。我挤入人群一看，第一份是通缉杨振雄、杨振言兄弟两人，称两人是反动分子，逃跑了，所以工宣队和造反派组织发出“通缉令”，我心头一震，两位艺术家受尽苦难，逃离单位或出走上海，又能去哪里呢？

再看旁边一张通缉令，更让我大吃一惊。原来新疆建设兵团造反组织通缉邓胆（男，化名）、石头（女，化名），邓是我表舅的长子，通缉令中将他拥护原新疆维吾尔自治区领导作为罪状，受到另一派造反组织通缉，讲邓能骑马，使用双枪，为极危险的反动分子。石头也勇敢无比，与邓一男一女，骑马使枪成了罪大恶极者，故遭到全国“通缉”。返家晚饭时，我与父母讲了此事，他们说，你每日不是去评弹团，就是去“天马”“海燕”电影制片厂，是否能在家看看书，做做习题等。对各单位的大字报之类，同你无关之事不要去议论。邓胆表兄此事也归入不要多议之列。

21世纪初，舅表兄到我工作单位探望我，我直截了当对话邓胆，“你真不容易，真能骑马打双枪，你成了表兄弟心目中的‘绿林好汉’了”。原来，邓是新疆某领导的警卫人员，“文革”中支持了新疆维吾尔自治区老领导而被另一派造反者“通缉”，“此一事（时），彼一事（时），根本无所谓，过去了，都过去了。我现在只想为新疆食品推销到上海服务。”邓大哥有些英雄的豪气。我双手抱拳连称：“佩服，佩服！”

2019年1月，邓大哥在沪逝世，享年73岁。

二

1967 年，我在学校“闹革命”阶段当了半年逍遥派。每日下午隔三岔五去万体馆附近的“天马”“海燕”电影制片厂，看到斗赵丹场景，批斗后，赵丹走下来不知对熟人讲了一句什么话，被造反派听到后又拉回台上批斗，历历在目，记忆犹新。

更清楚的是有批孙道临先生的数十张大字报中，有自称是孙的学生及相当徒弟的某人具名的大字报，我心灵上打了个寒颤，徒弟对著名演员孙道临痛下杀手，且写了这么多大字报，有些在名字上还打了不少红叉。你写一两张或迫于形势写上些这个或那个无关痛痒内容即可。难道孙道临先生真是十恶不赦吗？返家后数日脑际浮现出的某人大字报很是刺激。家母是老教师，曾对我严肃地说：“不要去学这种小人，孙道临是上海人民喜爱的电影表演家，数十张大字报也是压不垮的。”当然，此事乃“文革”时期的荒诞，可叹至极。

五十年后，孙已离世，人们很怀念孙道临先生。怪怪的彼一事，那位还健在的“学生”，又大书特书孙先生对他的培养，艺术上的哺育。依愚见，“学生”要反省自己的作为，反之则是十分可耻之举。

“此一事（时），彼一事（时）”，虽有些是十年动乱时的不正常作为，但事实教育了我。半年时间的逍遥自在，去评弹团与“天马”“海燕”的情景已刻入脑海。在家长督促下我返校“复课闹革命”。我始终不写不实的大字报去攻击老师与校领导，现在感受到自己当时是做对了。

顺泰居委章阿姨

章玲珠（拟音，或名有误）成为静安区康定街道顺泰居委会党支部书记时，我是个十七八岁的青年，刚进工厂成为新工人。

“文革”初期，有一天，祖母对我讲：“里弄居民均可去看电影《西哈努克访问中国》，我没有票，可否去里弄问一下?”我听后就去江宁路363弄内的居委会问究竟。我见到居委会主任王敏光（拟音，或名有误），她戴一副近视眼镜，人很和气。她对我讲，你祖母发不到电影票，过几天答复你，我谢过后回家。

几天后，居委会章阿姨来我家，她说：我是新来顺泰居委工作的。因祖母“文革”前每月领取16元左右房租定息，不属劳动人民，不享受免费看电影。章阿姨很客气，又讲，不看就不看吧。祖母已经70多岁了，每次跑去江宁电影院看一场电影蛮吃力，不看算了。祖母不到30岁时，祖父突然离世，仅靠微薄房租养活3个子女，一直守寡至今，我平添一份对她老人家的尊敬。

自此，我认识了章阿姨，她50岁左右，身长近1.70米，剪短发。她在纺织厂工作，因小脚放大，日行挡车走路不便，故提前退休到里弄。她是一名党员，又是劳动模范。里弄中党员很少，章阿姨回归里弄后成了书记。她工作认真，朴实而健谈，总见她白昼至夜在里弄中串街入户，所以，她熟悉小区情况，特别是每家每户。

我常见章阿姨边走边吸烟，烟瘾很大。顺泰居民区是很大一片新式和旧式小区，住户很多，章阿姨的工作量不算小，也很不容易。

以后，章阿姨常来我家坐坐，了解周边居民情况，其实，我全家人除工作、读书者，仅祖母一人在家，根本不可能了解邻居家之事。有一次，章阿姨拿一篇稿子，嘱家母修改一下，原来这是一篇总结居委会工作的汇报稿。母亲是语文老师，见稿子写得不错，逐字逐句修改了一遍，文稿给章后，还念了一遍，讲明稿子为何这样修改，章阿姨听后十分满意。这件事后，章阿姨与程老师（家母）投缘起来，“程老师”之名在小区内传开了。

有几件事，我至今不忘。那天，章阿姨突然找我，让我回忆2楼邻居家“少爷”在居民区的情况，“少爷”书没读好，却在校内招惹女同学，去撩女孩子“禁区”。我根本不知此事，章对我讲，这男孩在学校已被工宣队批斗了一下。我回忆后讲，男孩在家还蛮好，每天就拉小提琴“乌拉……乌拉”，没听过拉一首完整的歌曲。在家中男孩最小，前面有好多位阿姐，也未见有出格之事。不多久，我碰到章阿姨问起此事，她讲，此孩子如在里弄中有不轨行为，在学校、居委会、派出所“三合一”见证具名下，可送劳教所。我听后大吃一惊，如我当时瞎七搭八，乱讲一气，则男孩是否成“流飞”了？“文革”

有一时期，在工宣队领导之下，为整肃校风校纪，有一时的批斗“流氓阿飞”事情，时间虽短，却有过这些事情发生。

章阿姨又对我讲，“阿弟啊！你了解事情后，不要再对其他人讲，考验你噢!”50余年过去了，我行笔至此，突然想起，前一时期，舍妹对我讲过，原同楼那位男孩在60岁即一两年前患癌症去世了。半个世纪前的事情，事已息销，人已变老，历史一页，章阿姨的爽快，让事情缘由能复原而无误。

又一天，我工厂下班返家，见章阿姨与祖母两人脱了袜子，做啥事？我自此了解章阿姨是小脚放大，两位老人均脚跟疼痛不已。我讲，明天我去买软膏给你们敷。第二天，我买了两支软膏，一人一支，章阿姨很高兴。其实，软膏没有多大用场的。妇女小脚走路，人的重心压在脚后跟，真苦了封建时代的女子裹小脚，实可叹又可怜。

1970年代末，我结婚前去房管所申请，要求将厢房隔为二室，砌砖墙，但房管所不理我。我找了章阿姨，仅过了几天，墙就砌好了，解决了我的烦恼。婚后我只给了章阿姨纸包的两包喜糖。

1984年，女儿已5岁了，平时家母居家带她并培养女儿在下午睡觉时，每天必讲《365夜故事》一两篇。一年之后，女儿基本上每章节故事都能复述，八九不离十。有时家母讲故事时睡着了，5岁的小孩马上会更正“嗯奶，侬讲错了，不对了!”当章阿姨看到小女儿还未上学，已经拿两本翻来覆去的《365夜故事》，能够复述顺溜，十分奇怪。当时，我曾写了十几篇儿童心理学和养育心得的文章，在晚报和父母必读等报纸杂志发表后，章阿姨约我去康定街道开一堂培养女儿读书好习惯的讲座。

那天，夏日长，暑气热浪在傍晚时还逼人。整个会场有五六十人参加，约定 1 小时的讲课，我讲了一个半小时，章阿姨听课后对我讲，听者反映蛮好的，也长了章阿姨推荐的脸面，所以，这一页我至今记忆犹新，恍如昨日之事。

在那个年代，像章阿姨这样一心扑在居委工作上的老同志不少。当然，对章阿姨的一举一动，有不少居民对她有意见，认为她常训斥“黑五类”，凡涉及资产阶级家庭子女，或看到居民区有家庭不和睦、兄弟斗架、小偷小摸、邻里纠纷等，她人直爽，批评时一针见血、不留情面，也得罪了不少邻居。依我之见，脱不开时代背景。一个居委会干部，工人出身，能应付里弄工作，顺潮流，能担责任、当了近 20 年“小区总理”，有时“知不可为而为之”也是需要很大的勇气。像章阿姨这样的社区基层干部有不少苦衷，半个世纪后，已年届七老八十的人们，不要再记恨章阿姨了，我们不能千篇一律去责怪她老人家。

更多的是要向章妈妈学习，她任劳任怨、一心为公、不计名利，仅拿一点点津贴，能日夜在小区当个热心的“勤务兵”不太容易。这一点是现在的居民区基层干部要向她学习的。

偶 像

我少儿时期有三位偶像，第一位是优秀交通民警徐文彩，他的优秀事迹已深入少儿之心。第二位是康一小学的大队长陈小甫，是位三好学生，高我一届，也成为我的偶像。本人在《梅岭续集》（2019 年版）中已经提及，不再赘述。

我还有一位偶像，即邻家大哥哥。1950 年代上海育才中学党支部书记蒋王元老师。蒋老师生于 1932 年，从小聪慧敏学，1947 年 15 周岁在育才中学读书时就加入地下党。在上海解放不久后的高考中，他成绩特别优秀，据邻居蒋家老人讲："王元被四所高校录取，北大、清华、复旦、交大均希望蒋能入学。"我追问家母，王元哥哥为何不去呢？母亲的解释是，上海刚解放需要大批知识分子党员干部任职，1950 年代高中毕业生已成骨干使用。育才中学地下党自己培养的干部，留校任共青团、党支部负责人也很正常，这是党的工作的需要。

上海刚解放，大批知识分子自觉报名去青海、甘肃等劳改农场当管理干部或者参军入伍，上了战场，个别人离开上海数十年也没有返沪，奉献一生的事例不胜枚举。

五六岁时，我在清晨看到王元哥哥在天井看书，像在复习课文，我笑了笑，王元哥哥也对我笑了笑，母亲见后，叫我不要去妨碍他。这是我第一次对王元哥哥有了一种好感，母亲又对我说，你长大后也要像王元哥哥一样，读书好，当个有用之人。

1950年，母亲十月怀胎，我还未出生，那年，母亲去徐家汇一所中学住宿半个月，考试竞争小学老师岗位。而母亲在复习数学时，向蒋老师求教多次，这对已脱离高中学业七八年的母亲来讲获益良多，经蒋老师点拨后母亲及时步入了复习的正道，此事母亲讲过多次。经汇考家母以优良成绩录取，在上海贫儿教养院（后改为胶州第二小学）当老师。

1950年代初，在社区中党员很少，我住的元吉里小弄堂两个门牌号住60余人，仅蒋王元老师一名党员，所以，他很受人尊敬。我与王元哥哥相差19岁，平时，总见他很晚回家，我们晚饭后，经常见他才回家。有时，在客堂朝北门口边上的碗橱前立着吃几口饭，从无怨言。他对父母十分尊重，从无硬话，孝敬父母成为元吉里的榜样。“孝父母要像王元一样”，里弄中的邻居大妈常这样讲，我从小听过无数遍。

1960年代，蒋老师成婚后搬入新闸路陕西路口的“西新别墅”，我们见他的次数少了。记得“文革”中，我17岁进入工厂当了工人。那几天，返家后见蒋老师，在弄堂里抱着女儿走来走去。我问，蒋老师你这么早就回来了，蒋老师讲“三结合”后，学校工作又忙起来了，可开可不开的会少开，大家扯皮也无意思的。我的感受是蒋老师人实在。当时，我在工厂见到有些党员干部“三结合”后空话套话一箩筐。蒋王元老师不是那样的干部，他衣着朴素，人实在，受党教育几十年，高标准要求自己。在育才中学他是个懂行的领导，威信极高。受到广大师生的一致好评。不多久，他调离育才，分到上海市西中学去当领导。他与育才中学段力佩校长的中学教育方法，曾是上海中教系统的一面红旗。

家母对我讲，孝敬父母要向王元哥哥学习，读书认真与勤奋更要向他学习，为何他这么优秀，因为他是共产党员。1986年，我调入上海市委党校工作，1992年我出差中央党校，抽空去蒋王元和孟迅吾医生北京协和医院住地看望他们。当时，蒋老师已调入协和医院，后又成为副院长，蒋老师夫妇俩人见我后很高兴，我给他们汇报了不少上海这几年的情况。王元哥哥还亲自下厨房准备晚餐，我们说了不少上海邻居情况与1990年代初本人到党校工作后的情况，但我始终未开口言明蒋老师是我儿时的偶像。我一直记住他的工作十分忙碌，那天晚饭后，还有人找他，我告辞离开他们的住地，这成了我们最后一次晤面。

蒋老师夫妇两人培养出了两个优秀的女儿，他们均是学医的，在北京当医师也十分辛苦，记得21世纪初，我又去北京中央党校出差，抽空去蒋老师大女儿蒋延文医生家中看望她的母亲孟迅吾医生，蒋老师的夫人是北京协和医院资深的内分泌科大夫，教授级主任医师，她也十分好客、实在。那次家庭晚饭上我不敢提及王元哥哥，因为他已在2001年70岁时离世。我一直想向他们全家讲一下，尊敬的蒋王元大哥是我从少儿起至今的偶像，但当时气氛下缺了蒋老师的聚会我始终未能开口。

今简单记述一下自己少儿时的偶像，能在我的拙作中展现，算是我向偶像致敬，偶像就是我学习的榜样。

一本未完成的著作

20 世纪 80 年代中期，我调入校址在三门路上的上海市委党校工作。我上大学时有多位历史系老师对我讲，你到党校可去文史教研室当老师。你既然喜欢舞文弄墨，且对“古为今用”的历史知识感兴趣，正巧党校有两位历史教师将退休，你可以在老教师带领下去当一名历史教员。

文史室两位老教师，谢介民（1927—2012）和任霆（1921—2019），前一位教中国历史，后一位教世界历史，两人是从党校复校后由中学调入市委党校。解放前，他们学法律，解放后转入中学当历史教师。

那天，我到校办公室去办事，遇到任霆老师正从校长室出来气咻咻的样子，他对我讲：“我要病退了！”我初一听不明白“病退”何意？身体很好为何要“病退”。匆匆别过，过后不久，我听文史教研室同事讲，任已过退休年龄，评上副教授退休。任霆老师在中教岗位很有名望，上课极好，到了党校只能评副教授，有不少委屈。谢介民老师同样评副教授后退休了。文史教研室不久并入行政管理教研室（今公共管理教研部）。

至此，还未涉及本文主题。谢介民老师历史知识丰富，他常在中学教学有关会议或杂志上发表一些真知灼见的看法，文笔很好，这同他在 1949 年前上大学时打下的国文基础有关。记得那天临下班乘校车离开三门路校舍前，谢老师到我办公室塞给我一叠稿子，原来他同张志康（另一位中学退休的教师。当时，市委党校聘请了不少中学高级职称的教师兼文科专修科教师，上相关历史方面课程）一起准备写一本《中国行政制度史》，一叠近1万字稿子拿在我手，对我这样一个30多岁的青年来讲，是谢老师对我的信任。这是上海行政管理干部学院（今上海行政学院之前身）能够填补空白的一本历史著作，我如能在前辈带领下，共同协作来完成这本著作则幸甚至极！

那时，每周六下午校车提前发车，谢老师在办公室急急忙忙交代我这是一份《中国行政制度史》提纲，其中有写作目的、要求、进度安排等内容，这1万余字写在有党校校名的白笺上，规定我周一上午还给谢。当时，我办公室无复印设备，写得密密麻麻的1万多钢笔字，我在星期天看了一上午（当时每周实行六天工作制），感到很高兴，总算有老师从行政制度史角度去探讨中国历朝历代管辖国家与地方，实行从中央到地方管理方向上行政制度的研究。看完这一叠文字，本人内心十分喜悦。

“古为今用”，要弄清楚古代政府的统治举措，看清各朝代不同面目，中国历代所推行的各种官管民的政策，到底在庶民中执行了何种行政的职责与管控体制，历史的经验与教训何在？这是十分重要的历史视角，是不能缺失的一块史料。这不同于“中国政治制度”与“中国官制”等著作，且以上两种已有不少著书立说的版本，连同官典仪式、典礼、典章等均有著作记述了，就是始终未见“中国行政制度”内容独立成篇著作问世。

中国古代行政体制是中央集权的官僚政治体制，国家行政机构产生于上层、下层与各类的政府统治机构，郡、县二级属中央政府对地方行政的派出机构，是非地方自行产生的自治组织机构。中国的封建官僚机器要顺利并有效运行，从伦理观念以礼治国起，通过礼仪制度确定，到人与人不同的等级秩序，这些均能大书一番。行政制度史在国家行政层面上的研究是十分重要的一件事。谢介民老师对我讲，完成全部著作需四五十万字或者更长些。

周一上午，我交还文稿给谢老师，当时，我不懂事地向谢老师提了三点看法。一是必须向校方申请学术立项，从人员安排写作到调研考察，经费立项等必须得到领导支持，才是成功的第一步。二是完成《中国行政制度史》也是学校光荣，对这一学术空白，非得抓紧编撰完成，落实到位，我愿意参加这一编辑工作。三是建议先编《中古时期行政制度史》，时间上紧凑点，并避开现代史内容，或著作评审就限三皇五帝到清朝，这容易审核通过。今后如再扩充到现代的内容可纵深到现行的官制、监察史（当今的巡视制度），等等。

时间一晃过了几年，学校也从三门路搬至虹漕南路新校址。任霆老师退休后我碰到多次，我同刘德强教授还一起去任老师府上探望他老人家。而谢介民老师退休后，我曾到他在虹口区横浜桥附近府上探望过，当时，他夫人去世不久，我除哀悼外，原本想问一下那本未完成的著作，但当时气氛不太适合详谈写书之事。我对谢讲，我曾对行政管理室主任提出，行政学院必须努力完成这一本著作，这是一件填补中国历史空白的“伟业”。谢老师只笑了笑，退休后，他与张志康老教员两人都不想再辛苦了。过后几年，学校有同事对我讲，谢老师的生活有了些新的变化。

30多年过去了，这本未完成的《中国行政制度史》很遗憾没有在上海行政学院诞生。本文算作我对谢介民和任霆老前辈的纪念吧！

父亲读过的《国文》课本

父亲生于1920年，启蒙的学校在新城隍庙成都路附近的和安小学，此校对国文、英文、尺牍、书法等课程要求甚高。父亲留存的这本国文读本为1934年8月初版，由汉文正楷印书局刊印，局址在上海四马路平望街214号发行所，书店是作者书店，编辑人姚春煦，书分上中下三册，定价为四角、三角、三角。父亲留下的是第二册，蓝色布面封皮，装帧考究。今日翻读拿在手上的此书似有父亲的余温，真十分庆幸。

十年动乱中，我一个初中生不懂事，见上海全在扫“四旧”，我不知天高地厚，也烧掉家中不少书籍，邻居家在烧书，我也照办。将母亲从学校图书馆借来的故事书，如《静静的顿河》《苦菜花》之类也烧掉了。父亲的书我留下5本，内心很喜欢不忍心毁掉，现在，见到存书痛心不已，我真太不懂事，有负父母对我的教育。

父亲这本《姚氏国文读本》首页上有姜怀素题书名且盖印，父亲年少时也能刻印，“家俊”两字印章也盖在扉页上。《姚氏国文读本》（以下简称《读本》）有四人作序。泾县胡朴安第一篇序，潘光旦第二篇序且此二序同是民国二十三年八月所作，第三篇序上海黄庆澜作。而书的正序由编者姚明辉作，序后还有他的自序与例言。

细细翻阅《读本》第二册，不乏名家名篇，是本精品课本。内有孟子、韩愈、王安石、苏轼、苏洵、欧阳修、柳宗元、周敦颐、张謇、章士钊、梁启超、严复或《左传》《国语》等文章59篇，梁启超文章占了近五分之一。如有《服从释义》《商鞅论》《论破坏》《说希望》《孔子之勇》《卑斯麦与格兰斯顿》等11篇精品力作。

课本在59篇古文后还有《大经高级文选》第一编22篇文章，第二编20篇文章，第三编20篇文章，这62篇选择性地从古文堆中编选成功之文。《读本》全部上中下三册能有许多古今历史知识与国文知识在其中，单从父亲留下的第二册共有147页，全部59篇加上62篇，有121篇文章，而三册课本相加可见有多少丰富知识可以教辅青年学生。我想前辈人的古文知识比我们这辈丰富是有一定道理的。

《读本》空白处，特别在课文上下左右及个别词句缝隙中有父亲记下的注释或言简意赅的笔记内容，这些字用墨水或铅笔所记，近90年前的每个字、词、句还历历在目、一清二楚。父亲字迹端正清晰，连繁体字也写得这么规矩，想到自己在小学、初中时学习到一点点古文，与父亲比相差百倍，同样用功下的10多岁的学子，我同父亲比差距太大，现在一比较即明。

凡读书均需老老实实，多学知识，学中华历史之精髓，理解深一些，对中古历史与文化的深刻理解是有百利而无一害的。如果蜻蜓点水，看上去在江河中涉水苦读，其实连皮毛也不及。你讲得再好，证明自己在学祖国博大精深的知识，不也成了空话？我的文史古籍知识是上了大学，在导师林丙义教授

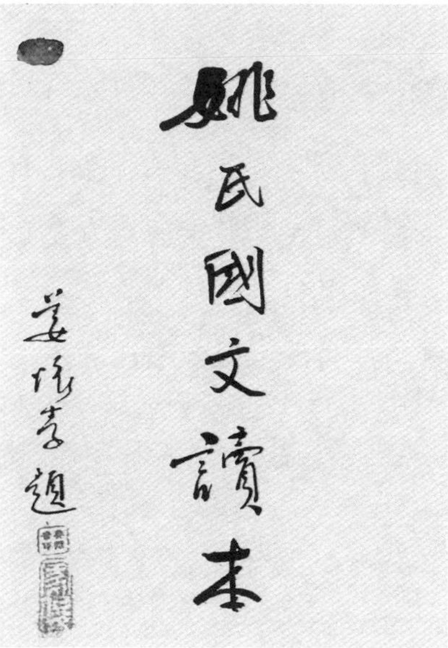
姚氏國文讀本

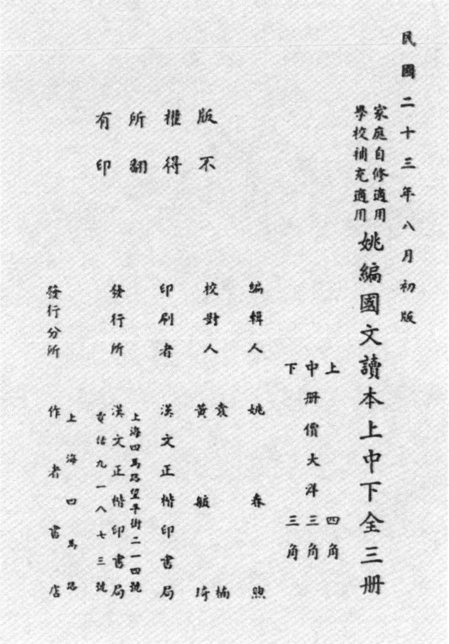
民國二十三年八月初版
家庭自修適用
學校補充適用
姚編國文讀本上中下全三冊
上 四角
中 冊價大洋 三角
下 三角
編輯人 姚春煦
校對人 袁楠 黃毓琦
印刷者 漢文正楷印書局
發行所 上海四馬路望平街二一四號 漢文正楷印書局 電話九一八七三號
發行分所 上海四馬路 作者書店
版權所有 不得翻印

大經高級文選

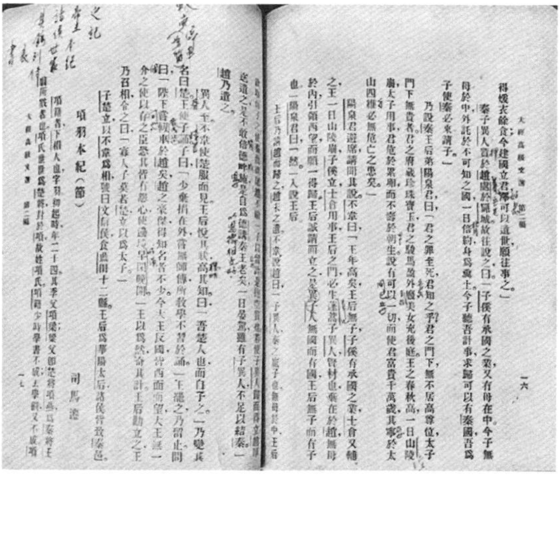
項羽本紀（節）
司馬遷
一六
一七

的教导和提醒下紧赶慢赶，也花了不少时间和精力，但客观讲我还是比不上家父。

后记：《姚氏国文读本》也有可能是父亲初中时的课本。当时（指“文革”前）我仅问了父亲这“家俊”两字的图章是否您所刻，父亲讲，学校有刻章这一手工课程，我还刻有一些其他图章，学校还设有音乐、体育课。可我没有问父亲此课本是小学或中学时教材，只能成疑了。

詈 言

詈言乃古时谓骂人之言，子女如对父母用詈言则称为不孝也。

半年前，离舍间几百米处，为方便居民开了一家幸福食堂，获许多老年人的称赞。我也常在下午四点半过后去食堂买几只荤素搭配的菜。

半年有余的时间，每当散步路过桐柏路口时，总见一位70多岁的老妇人站在丁字路口人行道上，她东张西望，顾盼不已。有几次下雨，在已近傍晚昏暗的路边，头发已湿，穿着单薄的老人心神不定，走来走去在雨中等人，等啥人呢？

时间一长，我见每周隔三岔五有一位中年女性，飞快骑着自行车过来，见老人开口即斥："侬有病！站在雨中干吗？一直提前到，你不会看看钟头，准时出来好吗?!"原来，女儿给母亲约定时间送食品或家用物件。好事被几句触心触肺之言盖过了。当母亲的唯唯点头，我见此老人可能有些病态，样子奇怪，听女儿训斥有些手足无措。

又一日，我见女士自行车未停稳，一刹车倒下后，前面箩筐中有一瓶装液体洒了一地，母亲马上俯身去拿，女儿厉声："侬有神经病！瓶碎了侬还要去拣，伤了手再送侬去医院，呆瓜一只，我没有空噢。我要走了，不许拣，听清楚了伐!"母亲唯唯诺诺，听命呆立路旁，这一幕让我看得心中怪难受的。

这位知识分子样的女儿，能照顾母亲已属“孝女”，比那些视父母如草芥者已胜百倍。当娘的看到“乖女儿”每周定时送来食品从内心发出高兴，她恐每次等候过时，宁愿自己早到站在路边，也有其苦心。

前三个月中，上海疫情期间，我也常想起那位有些木讷痴呆的老妇人。你或一人居住或家中还有位年老体衰的老伴，这三个月中，你们的衣食如何解决？女儿也不能一周数次为你们送食品，会网上为你们老人团购食品或网上购药吗？

自6月1日封控结束后，我有意在下午散步时路过桐柏路口，不见老妇人了。如不久后，能遇上老妇人的女儿（或是媳妇），我会客气地对她建言，你就将物品送上母亲居家房中，再了解一下母亲屋中的一切，关心程度再进一步，何乐而不为呢？当然，我是不会对这位当女儿的建言：以后千万不用詈言！人的觉悟只能自己提高。

申报编撰《创造性发散性思维》一书要义

在现代社会中，人们面临着一个纷繁复杂、不断变化和发展着的大千世界。时代前进的步伐推动着每一个人去正确认识和有效建设好、管理好我们的社会。中国是一个有着十几亿人口的大国，随着改革开放步子的加快，中共中央总书记江泽民在1993年7月曾作了重要指示，他强调我党要坚持理论与实际相结合，由此制定和执行正确的方针政策，是我们党领导革命，建设和改革的基本经验。江泽民同志又说，世界的发展变化很快，新科学、新技术、新知识不断涌现，我们的领导干部要提高执政水平和领导水平，需要学习或重新学习的东西很多。人们每时每刻根据意志的要求，细致思考和科学思维，用理性悟出与工作、学习、生活有关联的各个方面的道理。

人是靠着积极的思维去开展工作，去努力学习，去认真对待生活的。人不可能不依靠思维而获取对于客观事物的正确认知和理解，唯一可行的办法即发挥科学的思维方式和能力，真正掌握时代的信息，把握社会现象，做到透过现象看本质，掌握工作、学习、生活的主动权。

思维的涟漪一环又一环，此起彼伏而又无穷无尽。我们提倡用科学的思维方式和方法按传统思维的习惯和逻辑顺序，编排出思维层次的先后，并在条分缕析之中，在层层推进和论证我们所掌握的科学的“论题”中，用更新、更科学、更进步的思维去把握住思维的方向，即用创造性、发散性思维去开创一个新的发达的思维天地。

本人从研究思维规律和方法着手，用辩证唯物主义和历史唯物主义观点，探索和研究正在逐步形成而还未最终形成的这门新的学科。“自己在地球上的最高花朵——思维着的精神”，“思维的科学”之概念是伟大导师恩格斯首先在《〈反杜林论〉旧序·论辩证法》中提出的，并有一系列关于思维科学将从哲学中分化出来的预示和论断。我国著名科学家钱学森自1980年以来陆续发表了《自然辩证法、思维科学与人的潜力》等一系列重要文章，明确提出了在中国主创思维科学的主张，开创了我国科学工作者研究思维科学的新时期。这一定义可称为“研究思维规律和方法的科学”。思维科学可列为在马克思主义哲学指导下的六大科学范畴之一。自然科学、社会科学、思维科学、数学科学、人体科学、系统科学是当今社会工作者必须积极研究和探讨的六大科学。尽管思维科学还正在形成之中，但人类对它现有成果的研究将会更充分体现出其社会价值来。

各级干部和广大的社会工作者、教师、学生都应具有和掌握正确的科学思维本质。目前，思维科学已在研究、教育、决策、学习等各个领域中发挥着作用，我们要花大力气去积极研究，以提高人们的思维水平。

本人自1988年以来开始接触和研究“社会调查理论和方

法”这门课程，并已于1994年同王建民教授合作写成《社会调查研究科学方法》一书。本人在十几个循环的课堂讲学中深切体会到思维科学的重要性和适合广大干部应用的紧迫性。全书20余万字，其中第八章2万余字是专门论述在调研工作时的创造性、发散性思维的，此书获市委党校、行政学院1994—1995年著作优秀成果奖。

本人经多年搜集已积累不少资料，最近党又号召全党全国的科学工作者要加大力度，开展专门研究思维和方法课题的指示精神。依愚见这一号召和命题的纵深研究对服务于当今改革开放的社会必有其积极的作用。

全书力求简明扼要，字句精练，有一定的科学性和实用性，对指导社会科学工作者起到一定的帮助作用，并适用于干部和在学的大中专生自学和了解、应用这门新的学科做些启示。

全书在1996年完成，以小开本理论著作形式面世，此书约撰写12万至15万字。用高质量、短平快面世。

注：《创造性发散性思维》要目及提纲另附。

请党校立项支持。

后记：我于1995年底曾与王建民教育长商议，提出想编撰《创造性发散性思维》一书，他十分赞同。呈上报告给当时分管此项目立项的校领导后，得不到校方支持，要求我在行政岗位好好干，同样有出息。我也只能停止了“奇想”，中止了写作准备。当时，我有些意气用事。

最近在整理书橱藏书时，发现这份申报立项报告，感到也蛮有趣。可是原申报附后的书之要目及提纲遍寻不见，已遗失了。

（写于1995年12月30日，后记写于2022年8月30日）

日本企业经济发展的三大因素

写在前面：《日本企业经济发展的三大因素》一文是我在1988年11月写成的。35年前，有亲朋去日本留学、工作，引起了本人对东洋的兴趣，我除购买和阅读日本当代史外，还七写八写完成了此文。原本想打印后交这些远涉东洋者看看，但是，在单位工作很忙，一时间业余爱好完成的这一稿件随意夹入一本书中。

这些天，在整理书橱旧书时，发现了此件，引起兴趣。现照抄于下，或可让日本史研究者了解一下35年前国人对日本企业的一点体会。

日本的经济发展速度之快是世界各国所公认的，自第二次世界大战以来，日本仅用20年左右的时间就超越了英、法和联邦德国这些国家，成为仅次于美国的世界第二经济大国。日本经济的高速增长是在1950年代至1970年代初期这一阶段。国民的凝聚力使全国上下劲往一处使，终于在1970年代初期使国民生产总值超过了几个资本主义经济强国，而且靠美国过硬的经济实力度过了1970年代中期至1980年代的两次石油危机的影响，并经历数次不景气的经济危机的冲击，硬是挺了过来。目前，日本经济增长率以每年超过4%的速度上升而进入稳定的经济增长期，在世界上树立起一个缺乏资源的国家仍然能够顽强屹立在世界之林，靠自身的奋斗成为经济大国这样一个事实。

究其日本经济发展有三大因素。

首先，推行引进国外先进技术的开放政策。

当前，日本主要生产部门的设备和关键性技术，很多是从国外引进或参照国外先进技术和工艺投资建设起来的。在20世纪五六十年代到七十年代初期，日本花费了60亿美元从国外，大部分是从英美引进了2万多项新技术、新工艺、新设备，节约了自己搞科研应花费的1 000多亿美元，从时间上估算节省了近30年时间，一跃而成为全方位开放引进国外先进技术的国家。当然，日本不是盲目引进先进技术，而是要求新技术为本国的“日本化”服务。项目引进以简单易行和实用为主，逐渐向高级项目扩展，引进从小型向大中型逐步过渡。提倡本国能力所及，要易于消化、吸收，并制订切实可行的具体上马日程，尽量做到投资少、上马快、收效显著。日本的日立企业从美国RCA引进新显像管制造技术和工艺，通过自己的不断改进、消化，设计出更合理可行，节约耐用的新显像管后，又成功地返销美国，成为美国市场的热门货。从这里可见，推行引进技术的开放政策，立足点还是促进本国企业的发展和创利。

其次，强化企业内部的经营管理。

要发展企业经济就必须实现现代化的经营管理，这是企业创利增收的基本条件。战后，日本从封建军事专制式的统治中走了出来，对企业来讲，改变过去那种家长式封闭的管理方式，聘任经营管理专家管理企业各个部门尤其重要。这些专家拥有一定的专业知识，忠诚代表垄断资本的利益，精通管辖部门工作，有大学学历，并富于改革进取意识。管理工作要年年有新招式。这些专门人才的集中上岗是靠高薪雇用而来，不称职的个别人被专家集团评议通过而除名。企业内部凡可培养的人才，破格提拔升到恰当位置，发挥其专长，在工人中树立起为企业尽力拼搏工作的精神。下一步就是适应生产社会化发展的需要，在企业内部产、供、销趋向复杂的情况下，实行分权、分层次、分部门和形式的经营管理，为提高企业生产效率，扩大和给予产、供、销部门、人事财务等职能部门更大的分权职能权，从资金管理、利润管理、原料进库和产品销售管理各个部门着手，走出因循守旧的落后框框，实行既有集中的合理管理，又有分散灵活的适合本系统本部门的分权管理。

另外，在搞好管理基础上狠抓质量管理，要求企业中人人将产品质量看成是“企业的生命”。从原料进厂、生产零件开始，到制造、加工、装配、试售服务；从设计、生产、安装到销售层层把关，保证每道工序都生产出合格产品，就工厂内部互相关联看，做到“上道工序为下道工序着想，上道工序是销售点，而下道工序即是用户”的观点。产品的质量直线上升，保质保量引来了对产品的需求，因此生产能够蒸蒸日上。

为提倡集团化生产，关闭和合并一些生产效率过低，没有发展前途的企业，扩建和新建大型企业。要在经济较落后的国家中，在较短时间里先建立一批国家急需的现代化的大、中型企业。大企业广泛地联合中小型企业，推行专业条块协作生产部门。日本丰田汽车公司就是从1个厂扩建到了8个厂，制成的汽车要有3万多个零件，而为其服务的中小企业也已有2万多家工厂。日本的三菱重工业集团和新日铁集团合并后就成了世界上首屈一指的大型企业了。垄断形成了新的规模，生产效率随之而翻了一番。

再次，各企业充分发挥人力资源作用，努力提高职工的素质。

为了求得企业效率长盛不衰，企业要求自己企业的职工学历水平不断提高。人是日本最宝贵的财富，因此十分重视加强对职工的培养和教育，发挥每个职工的作用。随着日本经济的飞速发展，教育事业也成正比例发展。日本企业人员从经理到工人学历不断提高，1960年代中期就业人员中，大学生仅占11.4%，高中生占46.8%，初中生占41.8%。10年之后，这个比例正巧颠倒过来，初中生仅占9.1%，高中生占57.3%，大学生占33.6%，而企业领导层中学历提高就更快。日本培训职工时对各种层次的要求和方式均是不同的，特别设置训练场所培训技术工人，设置学院或专科学校培训技术员或专科水平的职工，设置研修所或教育培训中心提高管理人员水平，使初级管理人员和高级管理人员在管理水平上提高一步，后者是在职培训，前两者是暂时脱岗培训。1974年丰田公司成立“丰田汽车销售公司研修中心”，花了20亿日元建成一座具有现代化教育设施的研修所，重点对推销人员和管理人才进行培训，企业的管理水平迅速提高。

日本企业经济发展紧紧环绕以上3个因素，取得了很大成就，目前不少企业正在检查管理的实施情况，以便使企业跃上一个新的台阶，在这方面有值得借鉴的地方，可供其他国家参考。

（写于 1988 年 11 月 1 日）

推荐与建议

30年前，上海民俗文化学社，上海历史教学研究会共同组织编写，由仲富兰、郭景扬主编，由31位人士共同努力编写成功《上海史迹与风土》一书。在20世纪90年代初，刊在《国风·学术集刊》第4卷第2期（总第20期）上。这本适合大、中、小学教师与学生学习的通俗读物，弘扬民族文化、文化学环境，文化繁荣与普及相结合，达到学术研究与普及提高作用，是意义极大的一本书。

书中代序是仲富兰所写的《让民俗文化学走进教育领域》，书内有历史地理19篇，将上海周边历史溯源、红色文化乃至十年动乱、重灾等均列其中；史迹名胜篇有69篇，涉22个区县以及包括农场局等介绍文章，也很丰富有趣；民俗风物篇20篇，内容极丰富，开题可见小篇目，如“赶时髦”“吃得开”“石库门”“帮帮忙”“大世界”“轧闹猛”“乓乓响”……共计上海饮食、服饰、游艺、社交习俗等20栏目。

以上内容短小精悍，一事一议，真实客观，是青年学子了解上海的风土人情的正能量之书，统读之后对上海更了解、更有好感。外地来沪的同胞看了此书也能尽快融入上海。本书附录有两例：一是自新中国成立以后上海市历任市长；二是上海历史大事记，虽然，大事记简单了些，但也不失为了解沪上情况的一个方面，也很有必要。此书的插图与几幅地图由原上海教育学院历史系胡毅华老师绘制。

我推荐此书，并建议在沪的相关专家、学者尽量在原著基础上再增加些内容，精修精编。可以作为学生的课外读物或个别乡土史精品进入中、小学课本。我以为正能量宣传沪上方方面面习俗之实景实况的知识是当前学子们所欠缺的。沪上出版部门有关编辑也请动动脑筋，下番功夫，结合语文、历史、地理等教学，何乐而不为呢？或可另列作为乡土教材，补上学子们熟悉、理解上海史迹一课。

手边这本《上海史迹与风土》扉页上有胡毅华老师 1992 年 2 月 27 日赠我时的签名。胡老师因身患疾病已离开人世 20 多年，一名能写书、能教学的大学老师中年时就离开了人世，太可惜了！此文也是为纪念胡毅华老师。

说“戾气”

戾气指暴戾之气的意思。翻阅新华字典其解：戾是罪过；乖张，不顺从；乖戾、暴戾。即指有戾气之人凡事做得狠，偏向走极端，在其心理上经常会失去理智，做出一些不正常举动。古时中医理论就有戾气一说，言邪气相对应的是正气。所以，心地非常阴暗之人，有违背人伦之态或言行才可称戾气。

疫情在家禁足二月余，现在能够出门散步，在小区院中见熟人点头招呼，大家平安真好，当然，也看到一些非正常之事。

门口菜市场开门了，要“扫一扫”或“出示相关核酸证明才能进入。”不少老人根本不懂何谓“扫一扫”，什么“数字哨兵”之类前所未闻。常见一言不合，扯开喉咙一声吼，争吵激烈互不相让。菜市口三位穿蓝色防护服的护门人没办法，只能报警。我见到两三次警车匆匆开来，还围上这么多人看“热闹”平添热浪，这些本不该发生之事，欠缺在何处呢？

148号“KTV事件”中，有那么多男女围在一起又跳又唱，六月初解除封控后怎么会多出这些不听政府行政命令的人，混迹其中者有多少人“阳”了！真不该让这么多人“逍遥快乐”。如果，行政职能部门宣传与监管到位，何来这“人在×，事欠妥”。静思一下，如有戾气人非要进入KTV，还不知会有多少出格之事发生。148号成了疫情传播点，该谁负主要责任?

近时，常见“向阳院里开小会”（“文革”十年中，里弄称“向阳院”，居民常聚在一起开会），老年男女不戴口罩，聚一起拣菜、抽烟、拉家常。个别带第三代小孩者，见小囡不懂事骑滑板车与小自行车横冲直撞，也不加劝阻，任孩子们我行我素。这时如有人对小朋友管教一番，则阿姨妈妈、老头老伯们定会挺身“护短”，不恶语相加，息事宁人就上上大吉，还见长辈们动起手脚。天大热，是否戾气胜过理智，已控制不住自己的情绪了。

疫情期间，小区产生不少购物组团的“团长”，此好事做好则新生事物能榜登第一。而团购单位往往不是规范的保供企业。那么随意进货，钱贵物少、钱贵货差，不引起团购群责骂反倒成了怪事。微信上你一言，我一语，越解释越讲不明白。如“团长”有赚取“差价”或“抬价”之念，则你愿购必服“输”，反之，必须适应特殊时期，特殊待之。千万不要乖张于外，暴怒于此，真不值得!

医院中“医怒”变成“医闹”，配药时成“药怒”，开车时成“路怒”，有孩子中、高考的家庭与大楼中装修房屋工人产生的“杂音怒”……一桩桩矛盾均事出有因，个别事惊心动魄，哪里还有“仁义道德”“与人为善”，而“五讲四美三热爱”也早已抛之脑后。当然，不讲文明者还是少数，绝大多数市民还是守法护法的好公民。

社会中的“矛盾”是禁不住的，“戾气”者也是堵不绝的。有人群处总归有各式各样的戾气者，除各级政府部门加强宣传教育外，要多用切实可行，使人听得进的社会主义核心价值观去多疏通，这也不靠一时一事。我不同意做任何事必“事中、事后监管”之类。你要第一步做到审核，讲清黄、赌、毒在中华大地不能存在，如违背而行则要受到法律严惩，这就是一旦立法，执法必严。

相关职能单位要踏实调研并加强宣传力度。目前，必须做到特事特办、不安全之事赶紧办、要死人之事争分夺秒立即办。有了切实可行制度与措施，如何贯彻下去则肯定是件费神费力费时间的事情。希望社会上有戾气之人越少越好，个个讲文明，人人规范自己的言行，这对朗朗乾坤倍添助力！

（写于 2022 年 7 月）

留存了“五本书”

1966年10月1日，我15岁那年，被学校推荐去北京串联，这是上海学生第一次有组织到北京，接受毛主席的检阅。一日那天的天安门广场人山人海，山呼海啸般的场景，至今想起还十分深刻。回沪后，我向全班同学宣讲见到毛主席时的激动和当天天安门广场上的点点滴滴，我一个中学生的脑海中一片红。

不久，上海开始扫“四旧”，随之大字报贴满校园，抄家、斗人、烧书，街上变成一片红海洋。一天下午，我见隔壁蒋家大女儿蒋宗珠，市优秀园丁，市先进教育工作者，她正在底楼天井里烧东西。我见后对蒋老师说，忠不忠看行动，我也要向“四旧”开火，向封资修宣战。

我在不征求父母意见情况下，一心要当个称职的“革命者”，将家中母亲从学校借回家的小说，如《静静的顿河》《苦菜花》等一一烧去（我已记不清楚还被我烧了些什么书）。过后，我还振振有词对周边的同学讲，我已自觉扫“四旧”，跟上了革命形势。

父亲留下的书，我爱不释手的有5本。时间已过去半个多世纪，我还珍宝般收藏着“五本书”。第一本是父亲求学时的《国文读本》（见本书所收录的《父亲读过的〈国文〉课本》一文），此课本在20世纪30年代对求学青年养成习读中国古典散文极有帮助。

第二本、第三本是父亲10多岁时照本练习毛笔字的《三体千字文》与《四体千字文》，这两本千字文是日本昭和七年由久荣堂书店发行，另一本是日本昭和十一年由淡海堂出版，对初学毛笔字者集草、隶、楷、行的学习一目了然。

第四本是父亲读书时的《论语集注》5册线装本，每册封面上均有父亲自刻印的“家俊”两字印章。21世纪初，曾有书商愿意花500元人民币作为古籍收去，我一笑而过，怎肯出售父亲的藏书呢？《论语》五册在眉批及书页空白处有父亲随堂听课时的记录。如有一处空白的地方，父亲记录：陆先生说做人要有三个字“留余地”。老师姓陆，看起来，陆先生不仅教学生知识，还教学生做人之道。书上有不少点点红色标点符号，这是老师与学生在教与学时双方下的功夫，有了这些标点阅读上口，可以更方便准确，也有利于学生对孔子之言的理解。

第五本是英语小说《飘》，厚厚一本英文书，全名称*Gone With the Wind*，是由美国女作家玛格丽特·米切尔（Margaret Mitchell，1900—1949）撰写的反映美国南北战争的小说。10余年前，胞妹拿去留作纪念。现在，她的女儿莫传笈在复旦英语系毕业，完全胜任阅读此书，也是件好事。“文革”前，我见到此书后问过父亲，英文名怎么这么长？父亲对我讲了一句，也有人译“随风飘逝”吧！“噢！”我一知半解。一个10多岁的孩子没有看过中文版的《飘》，怎么理解更深一层的小说内容。“噢”是对父亲的回应。

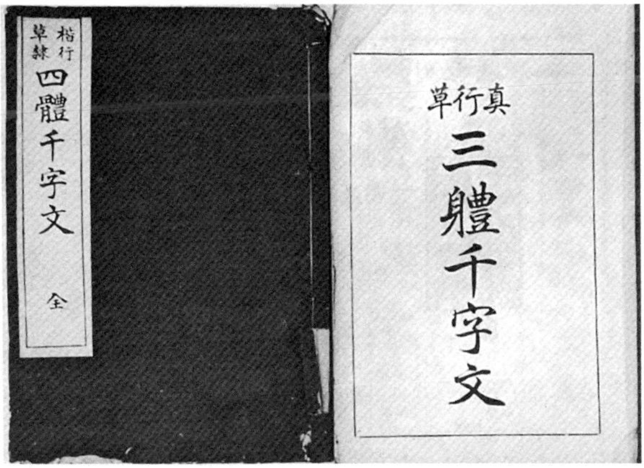
楷行
草隸
四體千字文
全
真行草
三體千字文

永字八法
間架結構法
永
籍甚無竟學優
登仕攝職從政

臨深履薄夙興温凊
似蘭斯馨如松之盛

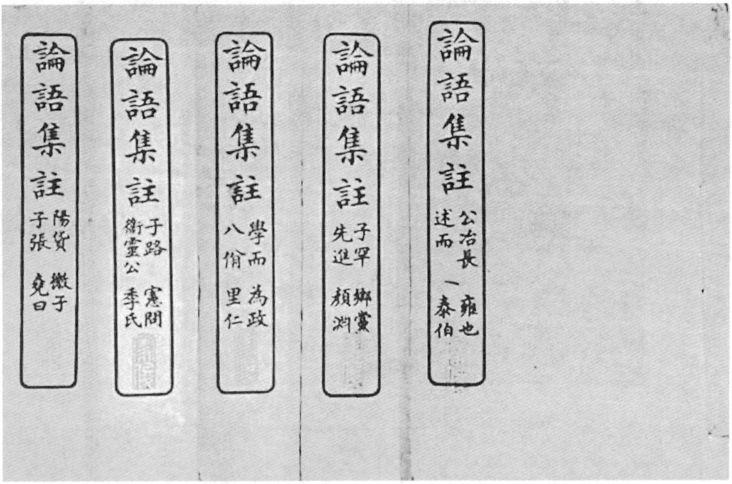

論語集註 公冶長 雍也 述而 泰伯
論語集註 子罕 鄉黨 先進 顏淵
論語集註 學而 為政 八佾 里仁
論語集註 子路 憲問 衛靈公 季氏
論語集註 陽貨 微子 子張 堯曰

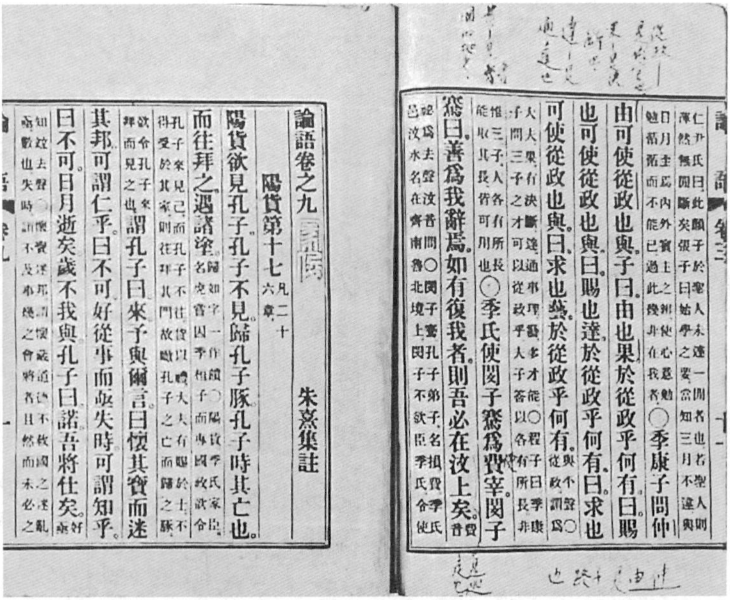
○季康子問仲
由可使從政也與。子曰。由也果。於從政乎何有。曰。賜
也可使從政也與。曰。賜也達。於從政乎何有。曰。求也
可使從政也與。曰。求也藝。於從政乎何有。
○季氏使閔子騫為費宰。閔子
騫曰。善為我辭焉。如有復我者。則吾必在汶上矣。

論語卷之九　朱熹集註
陽貨第十七　凡二十六章
陽貨欲見孔子。孔子不見。歸孔子豚。孔子時其亡也。
而往拜之。遇諸塗。
謂孔子曰。來。予與爾言。曰。懷其寶而迷
其邦。可謂仁乎。曰。不可。好從事而亟失時。可謂知乎。
曰。不可。日月逝矣。歲不我與。孔子曰。諾。吾將仕矣。

总算现在还留存这五本书，我当时未烧毁这些书，幼稚的心灵上有一丝对书的“爱恋”。现在书桌上见了这些书，要对自己不懂事年代做荒唐事有一个“自省”。孔子讲：“吾日三省吾身。”省即检查，反省自己。本人又做得如何呢？这篇文字完成后，吾长长吁了一口气。

日本家庭的垃圾分类

2007年8月，我与妻子两人受原单位同事邀请，在他们夫妇结婚20周年之际赴日本旅游了半个多月。他们已入籍日本国，与就读高中和初中的女儿，定居在日本关西西宫市郊外。他们有一幢2层楼的小别墅。我们在西宫市住了一个星期，还走马观花游览了日本6个城市。

有天晚饭后，我们4个成人和2个孩子说说笑笑，我帮忙将餐桌上的剩余餐余物一骨碌收起后倒入厨房废物桶。他们夫妇见后笑对我说："姚老师，你倒错了，让我们来收拾，你休息一下去看看电视吧！"我说："这是废物桶呀！两个小孩不是把牛奶空盒也放入了吗？我怎么会倒错了？"他们夫妇解释后我才恍然大悟。

原来日本家庭清扫出来的垃圾要分类倒，规定用不同颜色的塑料袋包装，每一个星期有固定时间、地点清倒家庭垃圾。一个星期有两次环卫车来收垃圾袋，一次收干垃圾；另一次收湿垃圾。我第一次听到垃圾要分类还要在规定时间扔，问："忘记了怎么办？一星期收两次垃圾，能做到吗？"男主人对我说，我们散步去，看看住宅周边特别是垃圾堆放处的环境。出门只步行三四分钟，街角处一户住家门口附近就是垃圾堆放处，10多袋黑白两色的专门袋子堆在一起。我一看这袋子即超市购物后拎回的普通袋子。白归白，黑归黑，一个街区几十幢小别墅垃圾也不太多，且每袋垃圾袋口扎紧，旧的小家具等弃用物件堆一旁，一周两次环卫车会运走不同颜色的袋装垃圾。我最大的印象是露天垃圾堆放处闻不到一点臭味，也见不到袋中的垃圾露出来。转弯走没几步有个小停车场，可停放10多辆小汽车，朋友家有一辆车在此，需按月交费；另一辆则停在不宽敞的家门口，一户有两部车很普遍。

男主人手拿一大瓶“雪碧”。我见后说，刚吃过饭，散散步半小时就回家睡觉，游玩一天很累，雪碧不喝了。他笑着说，瓶中装的是自来水。同时见他手上一个透明塑料袋中还有废报纸，空的纸质食品袋。散步带这些东西干吗呢？我想知道个所以然，急问：“手上这些东西派什么用处？”他答：晚上散步见有猫、狗、野猪、黄鼠狼等小动物的粪便要随手清理掉，并用水冲一下，小动物的粪便还要拿回家倒入卫生池。我开玩笑说，想不到你来日本10多年后成了活雷锋了。“日本人都这样做，我们也习惯了。”咱俩一笑了之。此时，我真的恍然大悟，入乡随俗，怪不得日本地方虽小街道却十分清洁。散步时路上有野猪、黄鼠狼交错而过。人不招惹这些小动物，小动物也悠然地在旁边树丛草堆中匆匆而过。那么，野猫、野狗过多怎么办？则有相关部门统一捕捉解决，具体我也问不出缘由。平时，晚上开车返家，车灯照射下有野生动物在路中间，则车主放慢车速等着小动物过去，也从不鸣喇叭。

又有一天，晚饭前门铃一响，进来一位日本女士，手中托盘上有几片西瓜，叽里咕噜一通日语，原来，下星期周一开始，街区的垃圾由朋友家负责，每天去整理一下袋子，注意周边的清洁。正巧第二天，我们要从西宫市去大阪等地，朋友的两位女儿成了临时垃圾管理员了，家中长辈不在由小孩顶上去，放学回家后要去垃圾场照看一下，怪不得上家通知下家，每户都是志愿者，一户轮一户，十几户家庭轮换下去，每家都十分顶真。

日本家庭垃圾分类投放，各地有不同收集方式，日本经济在 20 世纪飞速发展，垃圾也更多。1990 年代起日本也通过宣传推进居民对垃圾分类的理解与支持，每家重视，大家都成为志愿者，分类垃圾成为每个人的自觉行为，他山之石，可以攻玉。上海也已正式开始实施《上海市生活垃圾管理条例》，垃圾分类非小事，通过上海市民齐心协力，城市文明、清洁美丽的大上海会越变越美丽。

三位糖尿病患者

写下这一题目，心中很不是滋味。我一直坦诚待友，现说三件真人真事，抒心中之痛，也为教育周边病患之人。

三年前某天傍晚时分，隔壁邻人老张，带头当志愿者，在小区垃圾分类房前，臂戴红袖章，他也是个心善面善之人。那天，我站定后与老张聊天。我对张讲：最近，发现你人瘦了，有何病症？张对我直言：老毛病糖尿病不碍事。我想得穿一天二场麻将，晚上 10 点返家睡觉，糖尿病根本不算啥病。我一本正经对他讲，千万不要疏忽，看病要紧，去专科门诊看一看吧！

半年不到，那天见了张师母手拿花圈，头戴白花。一问，张先生 68 岁，突然并发症去世。我真吃惊不小，那天，如我重言重语叮咛再三，张先生不知会看病求医吗？总不至于这么突然离世。

第二位也是好友，我们已几十年朋友，制壶大师许四海。我每年多次邀亲朋友人一起到四海兄的“百佛园”去散心，我义务讲解该园概况已数十次，许兄与他夫人金女士对我也亲如兄弟。我们投缘，参观、购壶、谈心。我从金女士口中知道许四海有糖尿病，且人消瘦，又不去医院看病。我曾多次劝许注意身体，百佛园要整理修正，但必须抽空去医院看一下专科糖尿病门诊。许兄也是爽快人，对我讲：我一日三壶“百佛茶”，清晨起床后，中午午饭后，晚上睡前再一壶，喝茶能治病。我不是医生，从病理角度去劝也讲不清楚，只是每次见面后一句话，注意休息，不要太劳累了。

那天，我的学生告诉我，许四海走了！我当即给金女士打了电话，证实确实是许在园子中突然发病，送医也不能挽其生命。真心痛！许四海 70 多岁的人，为何不愿去医院看一下糖尿病专科门诊呢？

第三位潘先生，也与我们夫妻俩有二三十年时间的友情。他住房宽敞，家财丰盈，女儿女婿在国外经商已成巨富。家中有两个保姆，他本人糖尿病已十分严重，眼睛已不见光亮，平时，在家也无非是听听评弹。我们共同的朋友周医师对我讲，你劝劝老潘，他必须做血透了。我听周医师之言劝过多次，潘怕麻烦。我直言，怕什么麻烦，你家两个保姆，一人陪你一周去几次一箭之地的中心医院做血透，哪里有麻烦之事。我还曾劝他自购一台血透机，请医生护士定期定时上门血透有何不可？

那天，我们夫妻俩去华东医院病房探望潘先生，他握住我的手讲，太晚了，这次要同你们“再会”了。开追悼会时，我看着厅中的照片，默默思索，你 80 岁还不到，糖尿病害你这么快走了，不值得！我们还想一起进书场听评弹呀！

三桩事的主角均为糖尿病患者，病人不重视自身的病况，又想当然讳疾忌医，总认为此病不重要，我能吃能睡，老年人消瘦些不成问题。可是不怕一万，只怕万一，突然发作短时间离世，亲人痛苦，十分遗憾。而三位患者，本该与糖尿病作斗争，医病服药听医生之言，你却“自信人生三百年”，事实是刹那间没几日就离开人世，也太不值得。

一张书签奖先进

1968年11月我到工厂当了工人，1969年上半年带我学手艺的师傅去了工宣队，我即跟第二位赵师傅学技术，师徒感情很好，情谊至今不断。平时，我业余时间去静安区业余大学学习“液压传动”“金属切削刀具”两门课，厚厚两本笔记，帮助我在理论与实践上有了进步。以后如鱼得水，在赵师傅的指导下，能够独立维修机器。满师后，我成为金工车间的负责人（管学习、工会等事务），所谓的“一把手”。几年后，任芳菊（女）任生产组长，唐怀龙任生活组长。三个人配合工作得很好。

我在1975—1976年被推荐到上海市日用器皿公司“七二一”大学机械设计专业学习，在机械理论上又有了进步。工农兵学员结束后回原工作岗位，仍当组长，但当时生产组长换成高学相师傅，一个不声不响、十分内向但负责分管工作很仔细的一位老工人。

1977年，我们仅有200余人的小厂，金工车间已改成第六大组，最多时有工人26名。年底，我们六班大组被评为厂先进班组，作为精神奖励每位工人师傅一张书签。我记忆中每月有5元奖金，但先进班组没有物质奖励，这是个精神至上的年代。

六和塔
六班大組
被评为一九七六年
先进班組
革命委员会

1978年底，我被日用器皿公司职工大学（从“七二一”大学改名而来）返聘到校任教“金属切削刀具”“液压传动”专业课。现在书柜中还有两门课的备课教材，这记录了我当时一名单身青年的学习过程与精力所在。

一句话：机遇是平等、公正地给每一位有准备之人。自1978年底起我踏上了教师工作岗位。以后又上了6年大学历史系，再调入上海市委党校，这又是后话了。

后记：1977年，工厂的盖章上还是革命委员会字样，2022年8月，我从旧书中翻到这张书签感到十分高兴，这也算一段历史见证吧！同时，也纪念高、任、唐三位师傅，他们三人在20多年前就离世了。

关于散文的一次发言

八年前，单位离退休干部文学组徐组长通知，让我在学习时讲一下何谓“散文”。本人虽然写过不少散文类的随笔，但一时要比较完整的解释什么是“散文”也已语塞。

回家后利用一个晚上，动了一下脑筋，翻了《辞海》，写出一页肤浅的感想，第二天的学习会上不知深浅谈了些体会，现修改后照样抄录于下。

文学中有一大样式即“散文”。其最大特点是不受格律的约束，人不受拘束后就可以将自己的想法与体会用文字随心而作。其文可长可短，但文字是有文风的。首先，要用辩证唯物主义和历史唯物主义为指导，去引领文风。其次，要有“自己的内在材料”，如没有“自得之秘处”就不要草率动笔，不要将随意形成的文章去浪费读者的时间。再次，优美的文字是十分精练，文章少用形容词，准确使用动词。因为形容词越多越不美，不能代表什么东南西北，你用形容词堆砌还不如准确使用动词，使它排列得当文章就好看，人们常说：“此文章真来劲!”就是有动词恰到好处之功能。

毛泽东同志早就提倡文风要简洁明了，不要像老太婆的裹脚布又臭又长。我们的遣词造句要做到炼字、炼词、炼句，使三者在文章的陈述之间相得益彰。

据《辞海》词条示，散文是通过某些片段式或生活、工作中事实的描述，才能够表达出作者的思想感情，揭示出社会意义。形式自由、长短有序，可有完整的故事；能抒情又可叙事；语言不受拘束，可发表议论和人生感悟。这不同于中国古代的韵文、骈文。而凡不押韵、不重排偶的体例，包括中古时代经传史书在内，都能称散文。

随着文学概念演变和体裁的发展，又将小说与其他抒情、记事的文学作品统入散文范畴，这就区别于讲求韵律的诗歌。而现代散文是特指与诗歌、小说、戏剧并称的一种文学体裁。按其内容和形式不同，又可分为小品、随笔、报告文学、游记、传记、速写、回忆录、杂文等。

特别是杂文，自“五四”运动后，鲁迅先生等作家把杂文做匕首和投枪杀向敌人，使杂文成为真正的无产阶级“感应的神经、攻守的手足”，其艺术上新风尚和感染力对当今社会的新生事物给予歌颂，形成满满的正能量。其又具短小精悍、时评特色、揭露阴暗面，歌颂新时代成为一大特色。

现代人还喜欢写游记，这又是一种文学体裁，以轻快笔调、生动描写、记述旅途之中所见所闻。从作者的思想感情出发，到对游览地区的政治生活、社会生活、风土人情、山川景物、物产物品，特别是众人肯定的名胜古迹，都能喜闻乐见地描述，是特别讨人喜欢的一种散文。

清代散文学家姚鼐（1732—1815），安徽桐城人，乾隆进士，官刑部郎中，记名御史。他的《古文辞类纂》内“杂记类”明言可写楼台亭阁、祠庙寺观、山水风土、琐事逸闻等，亦即人们所称的记叙文。今天，记叙文已成从小学、中学至大学均可作为学生书写的一种最常见，使用最广泛的文体。其泛指叙事、写景、记人、物状一类，还包括日记、谱表一类，均成读书人写文章时的各个方面。这也是中国自古以来最实事的文体，《汉书·艺文志》谓“左史记言，右史记事”，即指此通常使用最广泛的言事文体，这就是散文。

一个真实的故事

时间已近60年了，1964年9月我进入中学，当了一名初中生。记得学校规定必须男女生同桌，我们这些十二三岁的孩子也无异议。最后一排男生杨铭初（后去了黑龙江军垦农场），同桌女生（隐去她姓名，因她是本文主角，就称“女同学”吧！）是生物课代表；最后第二排男生姚文仪，女生陈美麟（父亲是上海京剧团样板戏团的琴师，后陈去了美国留学）是语文课代表。我因为上小学时当了6年班长，所以，一进入中学又当了“班长”。

1968年下半年起，学校工宣队督导全校学生毕业分配工作，全班有超过60%的同学进入上海工矿企业，其实，当时的学生思想上根本没有做好准备。工宣队长对班主任讲：你班姚文仪与杨惠基（后到上海市政府行政管理研究所当负责人）两人全分上海工矿，必须向学生讲明白，大家不要再到工宣队办公室“上访”了，我当时第一次听到向工宣队去讲明情况或提意见称作“上访”，这也成了我对这一词的第一次体验。

我曾问班主任为何“女同学”不能分工厂，只能分到区饮食公司，班主任对我讲：“是工宣队决定，可能有些家庭原因，你不要管了，管好自己罢！”我想“女同学”有个弟弟，姐弟俩一直是好学生，但相比十年动乱时去农村“修地球”的同班同学，她已感到了满足。

“女同学”家住高档住宅，有幢花园洋房式的别墅，她不愿意班内同学去她家。升入初二时的炎热暑期中，我因为是班长，分管全班同学订的《青年报》，定期到学校传达室取报，我们班一共只有十几份报纸。那天上午，我去“女同学”家，特别想看一看她家的环境。门口正中上方泥塑着两个漂亮的楷体字“×园”（恕我隐去前面一个字），按了一会儿门铃，走出一个衣着十分简朴女士（估计是她家的保姆），进门一个小花园，修理整齐，眼前一亮，不同凡响。我还未缓过神来，“女同学”从底楼客厅中冲出来，“干什么?”三个字，我听了十分不入耳，这么热的天，你非但不让我进屋坐一会，你大小姐太不懂礼貌了。我把《青年报》朝她手上一塞，立即离开了上等人的“家园”。开学之后，我向班主任讲了送报的经过，班主任对我讲：“以后不要去了，他父亲是某研究所的研究员，高级知识分子。她家我也未去过，这样看起来家访也免了罢!”这是1965年暑期中的真实一幕。

我进入工厂后一直关注自己学手艺，业余上工大。但有一天路遇一位男同学，对我讲“女同学”发神经病了，真可怜!我实在想不通，这么优越的知识分子家庭出身，不会得此病吧！半年前，我去静工大上夜校，学习液压传动课程时，在晚上还去“女同学”工作的饮食店吃过汤团。当时，我叫了她一声，她只朝我笑了笑。“女同学”人十分文气，家教特别严，在校从不谈家庭情况，老师们也是一问三不知。记得她常穿一件白色长袖衬衫，最上面第一粒扣子扣得严严实实，讲话从不大声，坐有坐相，立有立相，1.7米左右的身高，在同学之中可谓亭亭玉立。其他同学当时穿花颜色方领衫及跳舞裙，在我记忆中她从没穿过这些漂亮的女生服装，从不与女生争艳。

事后，我了解到，“女同学”一进入饮食店就认真向师傅学技术，无非是包云吞与汤团。只听周边人讲，××路（恕我隐去路名）汤团店有个“汤团仙使”，我曾对家母讲，你从工作学校返家路上的汤团店有个“汤团仙使”是坐我后座的女同学，问母亲是否有“仙女”感觉。母亲对我讲：“我有时会进店去吃点心，确有女孩穿了白色工作服，又戴了白色工作帽，有时，见她还戴了口罩，哪有‘仙女’感觉？你就管好你自己工厂的工作吧！”

店里那位有残疾的男师傅看中“女同学”，晚班后常骑自行车带她回家，两人在小小的饮食店里，风言风语随即而起。可她的父亲在十年动乱时下放对面制药工厂劳动，当然，正对工厂大门对面正巧是女儿的店堂。不久，工人之间的传言越传越像真有那回事，父亲去对面饮食店一看果然有此男服务员，听信他人之言女儿看中了“师傅”。一天，返家后父女争吵不休，女儿始终不承认有此事，不过是尊重师傅，搞好工作关系罢了，哪有谈恋爱之事！父亲不管三七二十一两个耳光扇过去。那位内向又自尊的“女同学”受不了父亲对自己的严重误解和不信任，这对当时才20岁左右，还对世界存有蒙昧天真想象的女青年带来沉重刺激（当时青年的幼稚及不成熟与今天青年人是有很大不同的），确实父女间思想的差距太大了，真是天不佑人！

“女同学”发精神病后，我曾在江宁路家门口的马路上见到她，一个老妇人拉着她在逛马路，又到马路对面康乐食品店购食品，我朝这两人看了很久。见“女同学”目光呆滞，直直朝前看，脸浮肿无血色，走路样子也不对了，步子一拖再拖。一见就看出有病在身，同学传我之言证实她得了精神上的疾病。

1970年代末期，我已当了厂校教师。有一天，近傍晚时分，我在江宁路又见到那位“女同学”，这时，她怀抱一个婴孩，人已发胖，脸已从一个瓜子脸变成微胖又有些浮肿的模样，目光仍显呆滞。那怀中肯定是她的孩子，我想还是不要打扰她了，打招呼会成多此一举，她可能心思全在小孩身上，还会管他人打招呼吗？同学间传她结婚讯息是确实的。这就是命运，一个花季少女变成了人母，可她精神上有安慰吗？其夫会善待她吗？如当时有此精神疾病，怎能婚配？她真会幸福吗？

过不多久，从同学处传来，她家祖上有此疾病。我总不相信，如像传言，则“女同学”父亲怎能有研究所岗位，成为高级知识分子。有何其他家庭原因，则不在本文中探讨了。

这是真实的故事，历史中一粒尘埃。我曾想如不在那个年月，书香门第的“女同学”肯定是位大学生，怎会如此结局！

重视阅读“野史”

青年时期的我，在听了林丙义先生所授的中国古代史后就对中国历史十分喜好，加深了兴趣，特别对浩瀚的野史和历朝笔记丛书自觉加强了阅读。

记得1998年的一天，在逛福州路书店时，看见当代世界出版社出版的《中华野史镜鉴》后，用680元人民币购回全三卷共300余万字的“宝书”回家。我阅读正史“为尊者饰，为贤者讳”，而我读称为“宝书”的这一套野史，是想了解历朝历代所撰文过饰非，所录不实或载有的逸闻趣事、奇事、怪事之类，能否补上一点正史实录上的欠缺。

面前厚厚三大本，从先秦到清末，此书很多篇幅是首次译成的白话文。而全书体例之新、内容之全、趣味之强，对普及历史文献知识，正如书中前言所讲达到“信、达、雅”高度。我喜欢在静静的环境下读书，我看过《白话二十五史精华》，对历史系学生讲是必须的，而《中华野史镜鉴》成为与此本长篇相通相辅了解历史的案桌佳品。

周恩来总理主张全面地辩证地予以传统文化的传承和发扬，他曾说：“人人都赞扬我国的古代文化，其中就包括很丰富的历史记载，不仅有正史，还有野史、笔记等。汉文在这方面起很大的作用，我们要把自己所掌握的历史遗产贡献出来。”

在 1972 年 2 月，尼克松总统访华的时候，美方首席翻译是理查德 · 弗里曼（现译为傅立民，后任驻华公使），周总理发现弗里曼中文特别好，就对自己身边翻译章含之讲，让她送一套章的父亲 82 岁时完成的一部巨著《柳文指要》，此书是章士钊先生生前最后一部长篇文稿，是历时 10 年完成的百万巨著，此书是研究唐代文学家柳宗元的作品、生平和思想。当时，还得到毛泽东的支持，在周恩来的关心下，才能完成此书，也成了“文革”之中编撰史籍的重要一页。

毛主席、周总理是老一辈革命家，他们有丰富的历史文化知识，他们是我们学习重视继承中国传统文化和历史知识的典范。为维护历史资料的完整与真实性，一方面，我们应收录和保持文献的原貌；另一方面，必须做到取其精华，去其糟粕，这也是我们在阅读“野史”时必须时刻注意，自行努力甄别之事。

贼出关门

当老师的母亲，在我们兄妹小时候经常会用简单的词语却含深意的解释教育我们。“贼出关门”一句意味深长的话语让我们小孩一听就明白了。

母亲讲，你们小孩平时放学后没头没脑，进进出出家门不关而外出白相（上海人指玩的意思），如家中进贼，偷去些家中物品，你悔之晚焉，再关上门上好锁又有何用?

对！关好家门成了我们兄妹的习惯，这为了家庭安全，同时放学后在家中游戏、做作业、阅读书报等。有不认识的亲戚上门，我在旁边茶水招待外还会伴同聊天。亲戚中也感到我们兄妹成熟早，待人接物有礼貌。

平时读书如不专心，有些习题不明白不会做，又不自觉去弄懂和订正，到考试时还是做错题目降了分。这时，你“亡羊补牢”为时已晚，再着急而结果分数已摆在面前，不是晚一步或两步问题，这时心中之“贼”出来了，所以，学习要有方法。

有了心中之“贼”，自己还不了解、不清楚，而应该做什么、不该做什么你心中又没有数。当知道应做之事没办法完成后急急忙忙、慌里慌张再去求人“关门”，效果肯定不佳。胸无成竹而心中出现了“贼”，学习成绩就肯定降了下来。

防止“贼”出现，就凡事要早计划、长安排，做到凡事预则立，不预则废。那天，我去大医院配药，见门禁突然森严，像过机场安检。特别奇怪的是，我从4楼看病后往下走，3楼、2楼、1楼全部已不见废物箱，在2楼配药间的长椅也少了些。何故？“贼出现”，不恰当的“关门”！我手拿喝完水的空塑料瓶找废物箱却遍寻不见。在底楼大厅，我向1楼咨询台穿白大褂的同志提意见，回答是医院门口人行道上废物箱也没有了，我们医院为何要放废物箱呢？奇怪至极，难道过去几十年中放废物箱全错了？

原因是前一周，医院中有歹徒持刀伤人，有关安检部门感到废物箱和病人或成隐患，减少此两项即刻就安全了。我是强烈投诉，这就真正成了“贼出关门”的典型。歹徒伤人事件发生，连累了病人与废物箱，这两项“改正措施”不得人心。个别病员要把验血后的棉球丢废物箱，找寻不见后就朝地上一丢，怪不得这么有名望的大医院地上有药棉球还有纱布，更有食品袋、冷饮空瓶之类。人们的环卫意识与废物箱成不了正比，你减了废物箱，病人手上的废物一丢了事。我只能将一只空塑料瓶又带回了家。

“贼出关门”是要求如何防“贼”，当贼出现时你如何科学“关门”。母亲教诲响耳边：早计划、长安排，科学合理，实事求是，决不文过饰非。

《上海宣传通讯》栏目上的数据有参考价值

我退休之后，在 2013 年被聘为普陀区委宣传部讲师团成员，2018 年又被聘为区老干部局理论宣讲团成员。9 年时间，我上了 270 余堂党课。为紧扣时政，也为了生动体现上课内容的客观真实性，上课时免不了要引出一系列数据。我的体会是，《上海宣传通讯》各栏目上所列出的数据准确完整，有参考价值。

平时，我从《人民日报》《解放日报》上剪录有关政治、经济、社会治理等方面的数据材料，将一个时期的剪报粘贴成册。另外，我还将贵刊上的各类数据与此两份党报上的数据相比和核实。备课时以通讯栏目数据为准，去繁取精，一经短平快数据在课堂上讲解，就会得到听课党员的好评。

我看贵刊每期都从头看到结尾。我常引用栏目上“中央领导同志近期言论”“市领导同志近期讲话”“高层声音”，对《经济形势分析》《长三角动态》等经济栏目也很喜欢，在课堂上能说出经济数据出处并精准解读。我特别被“党纪党规”“法治在线”“警钟篇”上的反腐倡廉故事与一系列真实的数据所吸引，也喜欢引用。

我喜欢贵刊短小精悍的文章，短平快的宣传，正能量的解读，党和政府声音的及时传播，真是党员们必读之刊。《上海宣传通讯》上的文章不长但十分精练，说心里话是贵刊的特色，请你们坚持下去。同时，要感谢编辑部领导和所有编辑，感谢你们编成的此刊成为我们党员的必看读物。愿你们每期所发的“权威声音，信息集成”能及时传到我们手中。

（原载《上海宣传通讯》2022 年第 17 期《读编往来》栏）

土记者

我1968年11月进厂当了一名学徒工，人虽离开了中学，可不曾停笔，写了不少文章。记得1970年初（或是1969年），日用器皿公司革委会政宣组领导张祖安搞了一个“土记者”培训班，先后有各厂能写作的青年20多人组成了一个学习班。厂部推荐我去四川中路33号轻工业局所属日用器皿公司学习班报到，时间约一个星期。

一周时间让我接触到了不少写作知识，有专门编辑为我们这些年轻人开讲座“如何写通讯报道”“写作知识”之类，还组织讨论等，我们均成为公司的“土记者”，要求我们返厂后写出“热火朝天”的汇报情况，正反两方面均可。我没有听从这样的安排，从未向公司写过汇报文章。

过不多久，又约我们去实习写作，要求三人一组深入工厂去组稿。我们组组长王芸芸是铝制品一厂技术科的大学生，在厂负责宣传工作，另一位女青年殷美萍是保温瓶三厂工人，还有就是我，瓶子六厂工人。这次，半天时间交代情况后就让我们组深入到上海搪瓷七厂写稿，时间紧，半个月之内要完成稿件，写工人们战天斗地，大干快干，用学哲学的本领去带动生产，创造出生产奇迹。我们三人到厂后开工人座谈会，在退火炉边上找工人采访，约个别老师傅到办公室征询意见，还请厂部办公室的科室人员一起商议文章的写作等，一周时间很快过去了。有一位复旦大学毕业的本科生姓查，“文革”时分到搪瓷七厂，好像与我表兄同为复旦大学经济系毕业生。查戴了副眼镜，个子不高，人十分朴实，“文革”前的大学生毫无架子。

王芸芸比我们两个小青年阅历多，毕竟是大学生，笔头也快，一周后，一篇写得端端正正，文稿纸有10多页的先进事迹就写成了。老实讲这功劳全部应该记在王芸芸身上，文章是他执笔的。我和小殷两位20岁左右的小青年，对“土记者”工作不上心，想到不是真记者，有何高兴之处。帮助搪瓷厂写成了文章，张祖安还表扬了我们这个小组。过不多久，上海当时的一张报纸登载了全文。搪瓷七厂学哲学，用哲学的事迹传遍沪上。当时我还认识其他小组成员史斌峰，这位男青年比我大，也十分能干，我还请他到我家来聚过。

张祖安同志曾有一句话传入耳中，“我们公司有两支笔，南边石英砂厂姚铭忠，北边瓶子六厂姚文仪，是公司写文章的料。”这句话很可能也传到我所在厂的领导耳中，以后我这个“土记者”在自己厂内也被领导要求发挥作用。

半年后，我厂金工组组长周国登要求我写出一篇关于所在金工车间工人们学毛选、学哲学、用哲学思想带动“抓革命、促生产”的总结稿。因厂部的支持、组长的信任，我辛苦了几个白天加晚上，写出了文章，实际上，我是照着王芸芸当时的文章结构及章节排列形式写成的。稿子完稿后，我与周组长两人骑自行车去圆明园路上的报社，接待我们的是罗达成编辑，一个比我大不到10岁的青年。宽敞的办公室，桌上笔筒中有红蓝铅笔、红色毛笔、直尺和剪刀之类，这也是我第一次看到编辑办公室和报社的内景。第二次与罗达成阅稿后的会面，他要求再加上一些哲学用语以及工人师傅学习哲学后的心路历程、使出的工作干劲。罗达成对我们讲，报社很重视这篇工人学哲学的文章，要下功夫把“学与用”的关系写出新意来。回厂后，我们着手修改文章，我出手写文章比较快，在文稿纸上誊清后，我的看法是要打印成铅字后再送报社，而周组长已等不及了，一个人送去罗达成办公室。文章写成后等了几个月、半年始终未见报。但金工车间由我执笔上报给公司和局里的材料帮助我们组获得了轻工业局先进班组的称号，奖状镜框一直挂在车间墙上。

张祖安同志了解我后，大约感到我还可以提高，在 1971 年给了我一张上海图书馆的借书卡。“文革”之中，上图关门后，再开放的第一批读者证全市发了 3 000 张。我有了借书卡，每周日均去上图，看了不少书，也写了些文章，登在每周一期、有六大张白报纸大的厂内金工组“学习园地”上。一天，张祖安对我讲，你还年轻，有一个去无锡轻工业学院硅酸盐专业读书的名额，这是“文革”中首次招收工农兵大学生，你“一颗红心两种准备”做好上大学准备。可过了半年，学院开学了，我去公司问情况，老张说：小姚呀，你那上学名额被“他们”拿去了，以后如有机会再推荐你。

到了 1975 年 4 月，工厂党支部突然通知我去公司办的“七二一”工大报到读“机械设计”专业班。虽然，这个各方面条件极不相配高校的学校，师资等方面不太够格，但我又可以回到课堂安心学习了，故也十分高兴。不知此名额给我，是否公司老张帮了忙，毕竟公司下面有 80 家左右工厂，争取到一个学习名额也十分不容易。

至此，“土记者”历程走完了。工大出来后我回厂不久当了厂校教师，后又去大学历史系上学，这是后话。而张祖安、王芸芸、殷美萍、史斌峰几位同志已 50 余年未遇，祝他们各位身体健康，退休后生活幸福！

贪小利者戒

社区“幸福食堂”方便居民因而获得不少好评。那天中午，我兴冲冲去食堂购熟菜。收费处排在我前面的老人，约七十多岁，正与收银姑娘大声嚷嚷。原来，老人将专门供顾客使用的餐巾纸连续抽了3次，并趁收银员不注意时，将放在木匣中剩余的餐巾纸全部拿去放入自己的包袋中。姑娘忍不住向这位戴眼镜、穿白色老头衫的老人轻声轻气讲，你拿走全部的纸巾是不可以的，每人抽一两张擦擦手或汗是允许的，并要求老人将包袋中的纸巾归还。

事情至此，你老只需态度和气，承认自己贪小利，并将纸巾交还收银员即可。不知为何老人还振振有词，拒不承认自己的作为。我看不下去了，对贪小利老人讲，我排在你身后看了多时，姑娘没有错，你确实拿走了全部餐巾纸，这行为你敢做，就要承认呀！老人贪利心重，其低下的人格暴露无遗。你再强词夺理，也只能在众目睽睽下受众人批评。我对老人讲，我们都是老年人了，要珍惜名誉，“不可为事”坚决不做，你损人利己真不应该。如你身边带着孙辈，见你爷爷的作为，其榜样作用何在？给第三代什么印象？老人将纸巾从包袋中拿出后喋喋不休，不以此事为耻，满脸“欠多还少”样子，此时贪小利者面目更甚。

老人要十分珍惜当长辈的榜样作用，对公家、集体、邻人间摆放着的“小物件”，不能顺手牵羊，在私心杂念驱使下做出损人利己之事则证明你人品和道德水准低下。

我们从小在老师与家长教育下成长，他们要求我们不拿别人一张纸、一块橡皮、一支铅笔，拾到一分钱要交给人民警察。父母衣袋中的钱，你根本不能随意拿。从小养成老老实实做人的好习惯，不该伸手的决不伸手，因为你有了第一次，还会有第二次、第三次。高尚品行从小事做起，从小养成。想到小区中有人私拿他家的快递物品，不是你的东西，你拿去干吗？还有人在小超市中将空置的塑料袋连抽带拿四五张，你不购物，专门在超市拿塑料袋，也不脸红，你白发空长了。这不光彩一幕，经常出现，是长年累月不当行为的积累吧！

“贼心”是会变大的，不管你是从小习惯成自然，还是一时糊涂大热天做蠢事。如犯罪数目较大，伸手被抓，你的一世清白会毁于一旦，连你的孙辈们也会瞧不起你。

听“美学知识讲座”有感

20世纪80年代初，我已当了厂校教师3年，但深感自己各方面知识不足，怎么办？赶快补上去，我除完成了高中文凭的补课和考试，业余时间还积极参加市区讲座课的学习。我曾去青年宫上过“简易速记法”“高中历史复习课”，特别是听了“美学知识讲座”，课后体会很深。

1981年上海美学研究会为响应全国和上海开展“五讲”“四美”活动，为上海青年开办了“美学知识”讲座，十年动乱失去宝贵学习时间的青年人尤为兴奋，业余参加听课也是一席难求。我因工作关系虽不能坚持每堂课都去听，但这是我最早较系统接受审美教育的开始。这对上海将美学与精神文明建设结合在一起，普及和提高青年人对文学、音乐、电影、戏曲、书画艺术等方面的审美情趣有极大帮助。

我收藏《美学知识讲座》讲稿集至今已40余年，老师们上课讲授的审美鉴赏问题，宣讲中将心灵美、语言美、行为美、环境美的特点牢牢把握住，引起听课者的共鸣。“文化大革命”结束后办起类似讲座值得赞赏。

讲稿共有八课内容，对听课的中青年人起到了启蒙效果。这八讲分别是：樊莘森“审美教育——美学的迫切任务”、林同华“美学与物质文明和精神文明”、楼昔勇“文学欣赏琐谈”、廖乃雄“关于音乐的形式美和内容美”、严励“电影漫谈”、高义龙“民族戏曲的美学特征”、邵洛羊“从绘画艺术角度谈美学”、苏石风“服饰与美”。40多年前，这八讲对当时提高国人精神文明建设是多么及时与必要。

美学作为研究人对现实审美关系的科学，涉及审美规律性、艺术审美特征、审美中丑与美之间的斗争与存在，从开展审美教育着手提倡一种社会风气，为社会主义精神文明和实现社会主义物质与精神文明的宏伟目标服务，可见美学在国家层面上也有十分重要的意义。

林同华老师讲了一个故事令我很受启示。春秋时左丘明作《国语》，记述了一则楚灵王和他的大臣伍举谈论美的故事。楚灵王是公元前6世纪春秋时楚国的国君。他在湖北西南方建造一座供他巡游玩乐的行宫。行宫之美使楚灵王得意非凡。他带大臣伍举去行宫并对伍举讲，你看这行宫有多美啊！伍举作为臣子，他认为楚王根本没有弄清楚何为美与丑。于是，他反向楚王叙说了美学思想，关于何谓美。国王信任有才能之人可称为美；能使人民安居乐业才叫快乐；能任用有德行的人，这才叫作聪明。没有听说过建造高大建筑物，雕刻各种装饰，能叫作美；用各类乐器喧哗能称作乐；也没听说用奢侈的物品，迷醉于漂亮女人，能叫作开明。伍举谓美的定义：“夫美也者，上下、内外、小大、远近皆无害焉，故四美。若于目观则美，缩于财用则匮，是聚民利以自封而瘠民也，胡美之为?”（《国语》卷十七《楚语·上》）

几千年前，古人为现实生活建立了实用的人际关系和审美情趣。楚灵王以享乐为生活之美，伍举则以人民富足为生活之美。伍举还认为人只能对周边上下左右，内外远近无害之物才能称为美。审即反复辨别思考的意思，审美即辨别何谓美的意思。古代美学名篇《乐记》就有“审声以知音，审音以知乐，审乐以知政”。这就是人与现实之间的一种审美关系。

美学虽是欧洲近代哲学家的一种新概念，其概括的学说，我看中国古代文明中早已述及，我们学了美学知识开阔了视野，从人的外表美到进入心灵美，从人的行为美普及到制度美、理念美。正像孔夫子在《论语·里仁》（见《论语注疏》卷四）中所言，“里仁为美”，他言“五美”即“惠而不费”“劳而不怨”“欲而不贪”“泰而不骄”“威而不猛”，这就从更高层次讲解了中华民族早在古代就提倡社会美德。

美学的审美观广泛，作为一门研究学科，从文字、语言、行为、感官起步，人间的衣、食、住、行与意识形态的高尚与否，格调、情操的丰富多彩与时间、空间都能贯通。入门一行要懂一行，精于此行才能有所收获。至于常挂嘴边的戏曲、电影、服饰之类的美丑审议，因本人不太懂行就不班门弄斧了。美学是门科学，系统研究不在此小文章范围内，只能有感而发一孔之见。

洗衣店师傅

我自18年前搬入新居后，家中一年四季有不少洗烫的衣物要送去附近的洗衣店。方圆1千米之间，有4家洗衣店，有2家开了没几年就关门歇业了。出门左手边那家诚恳待客，服务质量最好，且价格公道，故送入该洗衣店的衣服最多。

××洗衣店（恕我将前两字隐去了）是最让我放心的一家洗衣店。六七年之前，那位师傅对我讲，其妻到本区北边路上又去物色了一家亲戚过去开过的洗衣店，夫妻俩一人一家店，坚持数年后，生活过得红红火火。那位师傅从青年到中年安安稳稳地开店，与我们居民都很熟，顾客见师傅工作劲头足，门口又放了儿童摇椅，可供附近孩童在摇椅上摇上几分钟。主要还是师傅和气，好脾气，顾客也多。

平时，我有些衣裤需要织补或改裤脚毛边等，师傅都能服务到位，对原本在乡下做裁缝的师傅讲，这些服装上的小事，都能包质量服务到顾客称心为止。有求必应成为这家洗衣店的“绝招”。也省去了不少家庭自己去弄“短枪”（指缝补之类）的麻烦。

疫情后，洗衣店开门了，送去的衣物在店内又多了起来。但是，8月底9月初，突然洗衣店关门了，我心中顿了一下。十几年勤劳工作的师傅回乡了？还是另有什么原因？16天过后，店门又开了，我弯进店堂，见到师傅后对他讲，你人消瘦了不少，工作不要太累了，人已到中年，注意身体和营养。师傅一如既往，朝我笑了又笑。

上星期，我走过洗衣店门口，一看不对了！怎么店中衣物少了一大半，师傅在收拾店铺，有打烊迹象。师傅见我询问后，对我讲："我一人此店开不下去了，并到老婆那店，两人一起开一家店算了。"好端端的洗衣店，生意又好，怎么说关就关呢？我也没再问下去。

前几天，见师傅一人在对面买啤酒，我正巧碰到，我对他说："你店关门后，要注意自己的身体，这些天，见到你消瘦了，脸色也不好，有啥病？"师傅苦笑着对我讲："你猜到了，我前半个月时间关了店，是到乡下医院治病去了。"我说："只要不是绝症，现有的医疗水平没关系的，要积极治疗！"师傅接口说："不瞒你，我这病比绝症还严重。"我说："你53岁，正当年，能治病、不着急。"原来，师傅尿毒症已多年，现在必须每周血透多次，只能返乡去治病，也帮不了妻子在沪洗衣店忙了。我听后一时语塞。我又对师傅讲："你有何困难要帮忙吗？"师傅又笑了，对我讲："经济上暂不成问题，回乡去安心些。"

昨天，我见师傅用自行车前后驮了不少物品，离开自己心爱的店铺，当时，我站在马路对面，心中有股酸酸的感觉，没敢再上去打招呼。只见"××洗衣店"白底红字店牌仍红红的，挂在店铺的上方。我心中默默地一遍遍祝愿师傅能治病有效，能靠坚强毅力战胜病魔。

愿好人平安幸福！

三百六十行之外

俗话讲：三百六十行，行行出状元。这话很对，千真万确。人无贵贱之分，天地间顶天立地，坚持实事求是，在各个工作岗位勤奋之人均能发挥自己的作用。

近几年里，多出许多行业，有不少外地来沪寻觅打工机会的青壮年男女。上海是个国际化大都市，本身有许多因素吸引了不少到上海寻求工作之人，上海人也十分欢迎他们来沪。

最时髦的行业如饮食、菜摊、誊印打字店、水果店、家政服务，医院中的护工、保安等，这些早已在沪形成了一定规模的就业大军，就业者能遵守上海的社会秩序和工作节奏，能融入上海的生活洪流这是好事，也受到上海人民的欢迎。

有些行业显然不太协调。近几年中，诸如菜场门口的安保人员，“扫一扫”进场，而有些本地老人没有手机，仅手拿一张“绿码”纸作为“阴性”证明或手机上已过 48 小时的“绿码”等原因，在菜场门口吵得不行。家附近菜场门口，我已见到 3 次需叫来警察处理纠纷。大汉当众出言不逊，居民也感到投诉无果。安保经常口罩挂在脖颈处，口叼香烟，这成啥样子。“你管别人，但你自己还未管好，怎能服众！”

家附近加油站，每日 8 点钟左右，黄、蓝、绿共享自行车乱停乱放。这时有一个新行当，有人将数百辆自行车搬上外地牌照改装的面包车，当然也有几辆本地车牌，从“停车地”（其实是人行道）搬到家门口人行道上，这一风景线上，一堆堆，左右两边人行道上黄、蓝、绿色自行车转运而来，只需随意在人行道上画上白线。我曾问过这些新行业“搬运工”，每天要去几个乱停车的地方搬车？他们也是忙得不亦乐乎！

家门口保安分两班有六七位，个别到沪工作已六七年，一律外地口音，同他们交流小区保安工作，一听话不合他的口味，就立即回你一句：“上海话，听不懂”，人也一走了之。你到沪多年，听不懂简单的本地话，你来沪如何顺利工作？

更让人寒心的是，有些人到沪干上来钱快、不顾社会良俗风气之事，这是在败坏上海正常的社会风气，现在毕竟不是旧上海十里洋场，公安人员迟早会找上门的！

上海是个风清气正的社会，人口多，事情多，沉渣泛起也不可怕，有治的方法。其一，要让来沪者受到岗前教育，让他们懂得“可为事”与“不可为事”，哪个单位聘用你，哪个单位就是责任人，不受教育让他随意上岗，没有聘用合同，就是欠缺了些实在。其二，区、街道相关部门要负责任，监管必须做到事前监管，事中或事后监管再发现矛盾或问题，已晚了。这监管的事情如何做到恰如其分，步步到位，是值得各级监管部门深思后配合行动的。其三，人民城市人民建，建设好上海靠上海人，当然，不管是老上海人还是新上海人均要参与到治理和保卫好大上海的洪流中来，不当看客，人人都是“志愿者”，人人都是中华文明的传播者，人人充当上海的好公民，让正能量的新风吹遍上海每个角落。

上网课也应“约法三章”

《猫咪何辜》一文在《新民晚报》新民随笔栏上登出，让我们当教师之人大叹一声。该文认为美术老师上网课时家猫5次“乱入”直播镜头是博人一笑而已。严肃的授课场景让猫咪当了一会儿主角，这本身是一次教学事故，此事如颠倒了，这同相关教育公司将此老师开除放在一起讨论更是颠倒之怪事。

课堂教学是十分严肃之事，如果不先讲严肃的教室秩序，让不必要的插曲充盈教室，则今后猫狗兔鹅等宠物在教室里四处游荡之事还会多发。上网课面对人数众多的学生，不管是哪门课程均有十分严格规范的教育大纲和教学秩序，这一点不能搞错了。连古时私塾中都能做到的课堂纪律之事，怎么会到现代教育时代忘了根本。课堂是第一正规化教学场所，千万不要疏忽。

本人愚见，教育公司在组织聘任上网课老师时应签一份“约法三章”，讲明上网课更深层次的严肃性。只要教师有强烈的责任心和事业心，先约束自身，管理好周边的一切杂事，猫狗之类的“插曲”完全可以避免。“约法三章”需要相关部门制定并报有关上级单位。这牵涉事前管理问题。如规定上课老师不迟到、不早退。若你上网课迟到10分钟，让学生白等时间的责任当然要处理。

本人在教育单位的教务处干了几十年，对高层次授课的质量方面，从仪表仪态到讲授课程的教育内容等有10多项让学员根据教学情况征询打分的内容。记得有一次，有位老师上午上课，有八九十位学生听课，可老师迟到了一刻钟，走上讲台后把袖套脱下，在家洗了带鱼，向大家说声抱歉。当时学员哄堂大笑，以后给这位老师起绰号“带鱼老师”。每个教育单位均对教师有严格的管理制度，“约法三章”制定条例不同单位可有不同之处。但是，老师为人师表，严守教学秩序是最重要的，在上课教室教师就是第一责任人，决不能随心所欲，开小差，否则，你如何让学生信服，你的权威来自何方？

教师及工厂企业员工的权益保障等为维护劳动者合法、合规、合理的用工权益保障撑了腰，但不等于个体可以“任性”，我行我素，我要怎么干就怎么干，这是不行的。至于开除此教员，禁其上网课是否过严等这些法律问题让相关部门去探讨吧！

上网课迟到10分钟，小猫反复上镜5次，公平合理讲，这位教师有责任要做检讨，对学生也要讲明网课美术老师是错的，要向学生致歉。

基层党课宣讲要从“微言大义”着手

党的二十大闭幕后，全国各地有不少党课宣讲员走上了各级党组织的宣传阵地，这是件大好事，传递好声音，激发正能量。

我从2013年起担任区宣传部和老干部局以及曹杨街道的理论宣讲员后切身感到，当好宣讲员实属不易。

党组织信任你，给你任务去宣讲就是给了你一副担子，你必须自问一下：你做好了准备吗？如果你不做充分准备或仅仅看了网络上的那些似是而非的不确材料就依样画葫芦，上讲台讲得天花乱坠，就会给听课者一种不着边际，同党课主题相背离的感觉。

当一个宣讲员要做到：第一，当一个好的宣讲员，自己一定要精读马列，信仰共产主义。你要宣传党的声音，你自己必须先精读文稿再去思考发自肺腑的体会，然后用平实语言去讲党课。

第二，宣讲员的平台是各级党组织信任你，了解你的知识水准和党性修养程度后才选你去宣讲和传播党的声音，所以，你千万不能骄傲，要谦虚谨慎。要清醒看到如果你没有宣讲平台，你是完不成宣讲任务的。

第三，宣讲的资料有许许多多，必须踏实选一部分，先学习再深入下去探究。要求用“短平快”的宣传课件，集思广益总结出宣传要点。

第四，基层党课要做到从“微言大义”着手。

〔汉〕刘歆《移书让太常博士书》有：“及夫子殁而微言绝，七十子卒而大义乖。”微言，指精当而含义深远的话；大义，本指经书的要义，后指大道理，即包含在精微语言里的深刻的道理。

微言大义，含蓄微妙的言语，精深切要的义理。

要做好基层的党建工作必须站准党建的正确方向，这一点是不能忽略的。如宣讲员有好的资料与准备，选题又恰当，但你洋洋洒洒讲了一大套理论。二三小时后，基层那些七八十岁的老同志听得累了，效果就打了折扣，其实讲课者本人也讲得口干舌燥。你面面俱到，还不如从一个小切口入手，讲明一个宣传要点，深入下去讲解，小切口入手讲明了一个大道理。老党员们能记住一二点、三四点精神，这就是真实的收获。

要掌握好“微言大义”不是件容易之事，你要长期摸索后才会有贴心体会。譬如，上《党章》时，就将十八大、十九大党章修改在哪里讲清楚，现在二十大党章又修改在哪里，讲明总纲中为何要增加这些段落，在一小时的时间里，集中精力讲清楚这三届党代会党章修改的意义、宗旨、特点就可以了。使党员了解这三部党章主题步步深入，是一脉相承的，是一部好的党章。又譬如，在二十大精神指引下，从政治高度去实现共同富裕。就从习近平总书记关心人民，为人民善谋全局入手，从政治高度上去讲明共同富裕已成为老百姓关心的一个中心课题。同时，还必须讲在实现共同富裕问题上，社会上还有些不准确的想法和误会，我们要警惕这些传言。总之，从一个个“小故事”讲起，明白一个“大道理”，即党的二十大报告中所阐明的新意。

千万不能撤除“废物箱”

最近，“废物箱”遭殃了！在街区道路、医院或购物场所等人多的地方，不知何意少见废物箱。是否为节约人力成本？还是认为箱子会传播病毒？无理由将废物箱撤走后，原本为民改善环境、清洁城市的一件好事反而因为清除了废物箱而环境变差了。

20世纪五六十年代，我们“红领巾”每周半天时间参加社会劳动。上街清扫马路，拣废铜烂铁，拣香烟头，拍苍蝇等，我还分担过用抹布清洁小学附近马路上的垃圾箱（当时还没有废物箱这个名称）。

其实，将随手或身边的垃圾废物扔进废物箱是每个公民，特别是青少年从小接受的学校教育，是从小培养学生讲卫生、做文明好学生的一个重要方面。现在，个别三级医院也在不合理减少或撤去废物箱。我作了些调研，你这么大的医院如不设或减少废物箱，则病员手中的医疗废物、塑料袋、矿泉水瓶等废品扔在哪里？我家附近菜场门口约10平方米左右的地上有20多个烟头。另有老年人将拣后的废菜皮随手扔在路边。去某三级医院门口看一看，在医院门口平台阶梯上，坐着等人的、聊天的、吃食物的、不戴口罩手拿咖啡纸杯喝完后放道路旁边者有之。依大部分人的一般卫生习惯，当然不太会将废品带回居住地再扔掉。人们的自觉卫生习惯没有这么高，好的卫生习惯还未完全养成。

同志们！请想一想，特别是负责环境卫生的各级领导。我调研了家门口 100 米道路上，每天上午同时有两辆三轮垃圾清扫车，问工人师傅为何将原有的废物箱撤去了，工人们回答这是上面的意思。在家附近不远处的民营口腔诊所门口，原有的废物箱撤走后，时不时在原地出现更多的垃圾。居民们已习惯成自然了，随手扔在已无废物箱的原地，真煞风景。

清扫工人对我讲，狗屎一堆堆，有些养狗人在遛狗时收拾了狗屎，因不见废物箱，便将塑料袋中的狗屎随手扔在绿树底下、草丛中或马路边上。如遛狗者带了第三代小孩一起处理狗屎，小孩见长辈们扔废物入草丛，则这样的身教太“厉害”了，这种家教真要不得。

本人退休后去十几个国家旅游，在发达国家中均见到路边有废物箱，有些箱子还很大，由于他国人少，所以废物箱旁还很清洁卫生。当然，有些大国在人多的旅游景点旁，废物箱边上也有许多乱扔的废物，臭气刹风景，不及时清扫也一团糟。特别是国外公厕少，在地铁附近及景点隐蔽处，也有人随地大小便。所以，公共卫生是个全球性需要解决的问题。

环境卫生文明是体现一个公民，乃至一个国家文明程度最直接的表达。从小养成好习惯，不随地吐痰，不乱扔垃圾是需要从儿时养成的。同时，需要各级政府相关部门走出形式主义之门，踏实调研，切实做好增设废物箱的工作。待文明程度和环卫意识深入每个市民的心灵，再去废止废物箱吧！可不是现时现刻。

不必写这么多“诗”

平时，常见喜欢写诗的友人在朋友圈发自己新写的诗词，不论优劣，你难得发几首，大家助兴赞叹几声即可。你发得太多了，则招人讨厌。

有位喜欢写诗的老人讲，我一年要写 360 首左右的诗作。我一想，不得了，你已退休 10 多年，积累了不少作品，你完全可以自赏，但过多过滥，且有些不成文体的用语大可不必给人欣赏。少而精则阅读者会感到你十分用功，又有些稚趣真好。反之，则不需要多讲了，我赞你一两次即罢了，你过多发给朋友们看你的“作品”就不讨巧了。

那次，在酒会上我讲了此意，有位在场的学问家对大家讲，姚兄的友人一年写 300 多首诗词不算多，上海滩有位稍有些名气的文人，他一年有新作诗词 1 600 余首。哇！你每天不要吃饭、睡觉、工作了吗？你每天运转在大脑中满满的是“诗……词……诗……词”，可也未见你有什么名诗值得人们记住呀！如有，阅者也只是一笑而过，不会当你什么“精品力作”。

现代人写诗已不讲究平仄韵律，格律也少见了。当然，无一点古文及格律诗写作经验者，要写出好诗词实属不易，你要认真地先去学习。你那随口而来的“顺口溜”通俗易懂，百姓也能看懂，也只属“打油诗”一类，真正写成上品的“打油诗”也非容易之事。你只需想一想，古人写诗也是煞费苦心，你没有一点学问即使行个酒令也会荒腔走板，遭人暗笑。古代《诗经》传世佳作三百零五首，而唐诗选取佳品三百首，你学懂弄通这些精品之神韵，如有个百分之一或十分之一就已上上大吉，已经很不错了。

老年大学中或有“诗词学习班”，你去学习作为消遣是十分有趣之事，如果老师布置了写作任务，你花些精力去写成一二首完全可以。但你必须谦逊地看到，这是你的回家作业，如得到老师评分“优”也不必沾沾自喜。自己写几首后自我欣赏即可。

毕竟现代人要想成为李白、杜甫太难了。传统文化继承中有多少学问放在你前面，大家应该学习、再学习，补足过去几十年中损失了的学习时间。我们的目的是弘扬博大精深的中华传统文化，继承好优秀的历史传统文化是不能马虎行事的，严肃认真想清楚这一点，不要浪费了宝贵时光。

儿童教育必须选择正能量教材

前几天，在电视上看到汇师小学校长一席访谈，本人十分欣赏。汇师小学校长讲，老师们向学生灌输正能量教育内容，并注意在教学上启示学生积极思维，开发学生健全的大脑思维，用批判性逻辑思维看待事物。我想这样的启发式教育是培养儿童从小养成创造性、发散性与批制性思维相结合，以正常、积极、向上的思维认知社会的一个重要方面。

有记者反映，个别幼儿园教孩子们跳《黑桃A》，歌曲内容低俗。抖音上也有不少类似幼儿舞蹈教学的视频。孩子不懂事，只会跟着播放曲目又唱又跳，甚至在家洗澡时也在唱“宝贝宝贝我们干一杯”，三四岁小孩唱起“长长的腿一尺八的腰围，此刻的我只想亲吻你的嘴”等。儿童在学习新知识的过程中，如完全成人化，接收到不该学的负能量东西，会在潜意识中扎根在其价值观里。在此提一个严肃的问题，幼儿教育或小学教育的教材选择要慎之又慎，家长要与学校一起把关，事前要有监管，不能让孩子的初始教育走偏样。

家母是一位有近40年教龄的语文老师。本人从记事起，母亲就教导我们兄妹，小学生要做适合年龄的事，学习该学习的知识，唱该唱的歌，做力所能及的体育活动。反之，则适得其反，做了违背儿童心灵特点之事。

从小学起，我们兄妹都有批判性思维，能看出书中不够全面的内容或解释不通的事例。记得从小唱的歌是《小猫钓鱼》《戴花要戴大红花》《少年先锋队歌》等等，我们有独立思考，坚持正能量，踏实学风，谦虚谨慎，不人云亦云，不做与儿童学习成长规律相悖之事，这是同学校与家庭教育分不开的。

时代不同了，但教育儿童的路径应该是一样的。家庭、学校，乃至社会上方方面面都要更加关心下一代的成长。从小让儿童养成热爱党、热爱祖国、热爱人民，培养德、智、体、美、劳全面发展的优良品行。希望家长们配合学校一起把好从幼儿园、小学、中学乃至大学的学生品行操守这一关口，教育必须选择正能量教材，让我们的一代又一代后辈健康成长。

读史使人明智

曾经有位友人问我，你怎么会有如此爱好，对历史题材感兴趣，写了无数这方面文字。我只能用一句话回答："读史使人明智。"实际上，我 17 岁进入工厂学到手的是车、钳、刨、铣等多种金工手艺，后当了厂校教师，虽人称"姚老师"，但自己觉得肚中知识太少，学问不精，必须努力学习才能当一名真正的"老师"。

一边当老师一边再去考历史系专修科与本科，及时补上 10 年中失去的读书机会。在大学学习时得到老师们的辅导和鼓励，使自己对所学的历史知识越来越产生浓厚的兴趣，也拟定了在读书和毕业后将历史方面内容作为自己业余写作的专题之一。

"读书使人明智"，记忆中是一位西洋哲学家、思想家弗兰西斯·培根的一句格言，也给了青年人启蒙式的教育。今天，我已进入老年，成为一个白发人，更深深体会到学历史"以史为鉴，可以知兴替"的箴言，为后辈"鉴古知今"立了一个大命题。

当前，我们中国在国际社会上用一个和平崛起的发展中大国形象屹立于世界民族之林。一个有五千年文明史的中华民族要成为强盛发达的一流大国，有历史因素的印证与现实发展完备的政治、经济、文化、科技等各方面制度优势。

人类文明的特征是有思想，能用自己的强大思维去体会现实生活中许多先哲们留下的一些精辟的论点或思想。这可让后人站在先哲们的肩膀上去思考现实中碰到的问题，去找原因，找事物发生和经过的一切因由。

中华民族的传统文明是有坚实的文化底蕴作为基础的，中国东方思想中有超强的内聚力，从孔夫子的学说“仁义礼智信”形成了中华“文明开化”潮流，并成就了一代代文化与思想的伟人。外国人至今称孔子为中国的至圣伟人，而孔子之后的中国又有多少伟人在世时奉上了自己的智慧，这些均是一代又一代中国人值得骄傲的。

至于学史学什么？我想已不必多言，就认认真真从学习先人的思想与才智开始，通过深入学习体会这些存史的学问，当然能使人明智。而其他正反两方面的历史经验与史事可再去作进一步探究，坚持数年会有进步！

任政赠我的三幅墨宝

1978年，我在职工大学当老师时，业余爱好写写毛笔字。不久，引起学员小李的关注，他约我去书法家任政府上，因小李是任老的学生，我在小李再三相邀下去拜望任老，当时我的心情十分喜悦。

秋高气爽的一个星期天上午，踏入市体育宫附近的任府，见任老正精力充沛在挥毫写字。他态度和蔼，待人诚恳，无一丝一毫傲气。我斗胆向先生求字，他立即写了一幅周恩来总理年轻时写成的爱情诗，我当时就万分喜欢这幅墨宝。

樱花红陌上，柳叶绿池边，燕子声声震，相思又一年。

周总理诗一首 文仪同志留念

一九七八年秋　　任政（印）

我见先生毫无书法大师的傲气，直言明年初我将结婚，能否写幅大字挂在婚房增添喜气。任老听后连连向我祝贺，挥毫又写成一幅苏东坡《春宵绝句》：

春宵一刻值千金，花有清香月有阴。歌管楼台声细细，秋千院落夜沉沉。

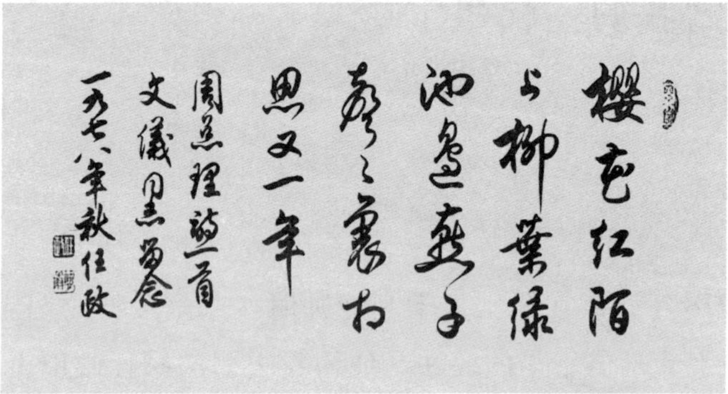
櫻花紅陌
上柳葉綠
池邊燕子
聲聲裏相
思又一年
周總理詩一首
文儀同志留念
一九七八年秋任政

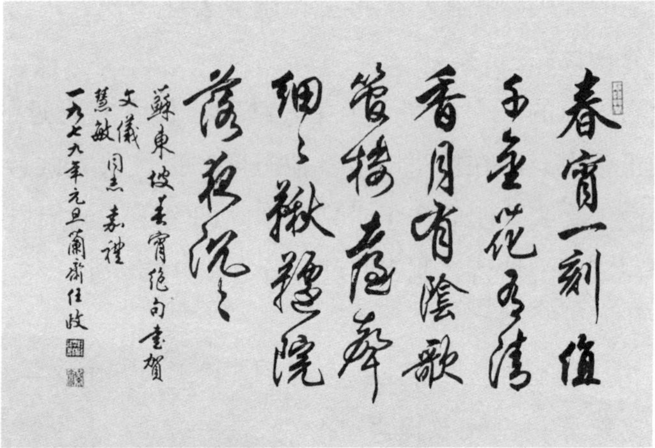
春宵一刻值
千金花有清
香月有陰歌
管樓臺聲
細細鞦韆院
落夜沉沉
蘇東坡春宵絕句書賀
文儀
慧敏 同志 嘉禮
一九七九年元旦蘭齋任政

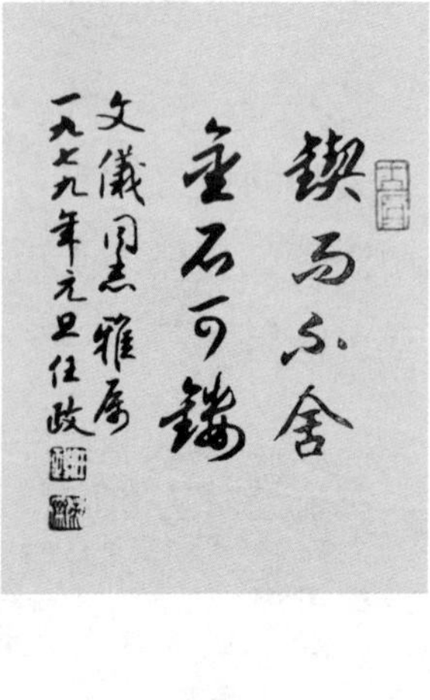
鍥而不舍
金石可鏤
文儀同志雅屬
一九七九年元旦任政

苏东坡春宵绝句书贺文仪、慧敏同志嘉礼

一九七九年元旦兰斋　任政（印）

任老十分心细，对我讲，日期写元旦吧！也是个好口彩。我感激不尽，离开任府后我还怪自己没有尽到礼数，第一次空手上门就得到先生毫无保留的二幅墨宝，真过意不去。

几个月后，我成婚没几天，送喜糖到任府，先生也很高兴，又为我写一帧能存放在写字台上的墨宝。

锲而不舍　金石可镂

文仪同志雅属

一九七九年元旦　任政（印）

任先生讲，还是写上元旦吧！有意义。

过后，我又去过任老府上多次，咱俩相谈甚欢，成为一对忘年交。

文学翻译家朱维基

朱维基（1904—1971），作家、教授、翻译家，上海人。毕业于上海沪江大学，曾任南国艺术学院与上海正风文学院教师。并在上海建承中学、中国艺术学院任教。后被华中建设大学、华东大学、山东大学三所高校聘为教授，在上海大同书店当过编辑。

朱维基先生曾在20世纪20年代留学文艺复兴地意大利，他熟悉多国语言，曾任烟台外事办公所《英文报》编辑，华东文化部艺术教育科主任，上海新文艺出版社编辑。

从欧洲求学返沪后，朱维基先生集中精力专注发表文艺作品，主要以当时流行的西洋诗歌为主。有《世纪的孩子》《在战时》《唐璜》《卢森堡夫妇诗选》《神曲》，等等。

朱维基是一个爱国的文学翻译家，他受到“五四”新文化运动影响，对当时的西洋文化和近代文学特别爱好。从1922年起发表作品，他主要以文学翻译为主，重点研究外国诗歌兼译文学小说类作品。特别在大学以讲授英国诗歌为主。他在20世纪二三十年代为中国的翻译界作出了重要贡献，这一点必须肯定。在沪时，他与友人一起编辑出版抗日诗歌刊物《行列》，在创作抗日诗歌后结集出版《世纪的孩子》，自发秘密组织抗日诗歌座谈会等。所以，他是一个爱国、全心全意做学问的文化人。

朱维基逝世于1971年。有学者称朱是一个被忽略的颓废主义诗人，他在沪江大学读书时就以译解西方文学与诗歌跻身文坛。《可怜人》连载于1922年4月16日—5月7日《良晨》周报。1922年11月25日《最小》小说杂志刊载短篇《将来》为他的处女作。总结朱先生的创作有几个显著特点，其一，他的作品是以小说创作发轫；其二，其译域甚广，有多国语言在其笔端涉猎；其三，在近百年时间内的多部译著已成经典名篇，《神曲》（《地狱篇》《炼狱篇》《天堂篇》）和《唐璜》早已成为人皆称颂的名译。

朱先生翻译了欧·亨利、契诃夫、莫泊桑、欧内斯特·道生等名家之小说，还译莎士比亚戏剧，波德莱尔散文诗。他翻译了拜伦、王尔德、勃朗宁、克里斯蒂娜·罗塞蒂、奥登等人的诗歌。朱先生还有不少文论涉猎，如佩特、爱伦·坡、列·亨特、考特威尔、刘易斯、玛志尼等的评论类文论，有其独到的一面。译作有：1924年《伪君子》，1928年《道生小说集》，1928年与方信合译《水仙》，1929年《家之子》，1934年《失乐园》，1941年《在战时》，1948年、1954年、1962年《神曲》，1956年《唐璜》，1958年《罗森堡夫妇纪念诗选》，遗稿1983年《济慈诗选》等。

以己愚见，对一个从1920年代过来的文学翻译家，不能套以醒目的、不着边际的定性式结论。以20世纪二三十年代世界大趋势及文学诗歌上的风靡程度看，译解西洋文学还是以真实客观为主线，不能脱离当时实事求是的历史空间，所以，不赞同将朱维基定为颓废派诗人。

后记：家父在我10多岁时曾对我讲，你这么喜欢看书，我带你去一位藏书颇多的亲戚家中看一看。朱维基是父亲的堂房舅舅，家中有不少洋装版的外文书。十一二岁时，父亲带我总算第一次到朱府开眼，看到这么多西洋书。

我的祖母朱兔英（1896.6—1985.7）是朱维基嫡堂姐姐，同族朱家人祖辈在沪生存。平时，逢年过节上海本地人还经常往来，但是，自1950年代中后期起朱家族人就不大走动，其中之因，我十分不解。

朱府在常德路康定路口的承余坊或恒德里（时间已过60多年，本人现记不清了），朱府有四位千金。朱维基叔堂舅公这么高的学问，可我当时仅一面之缘，人小不懂事，事不转移，时不我待。如能当面讨教学问，那真是三生有幸！

2023年元旦

一位借重科学驱愚昧的性学家

从上海大学胡申生文章中知晓，2022 年 12 月 17 日刘达临教授因病去世了，听后心情十分沉重。胡申生教授称刘是一位悲剧色彩的性学家，国内有不少非议伴随刘一路，从事实上看确实如此。

20 世纪 90 年代一天，我从市委党校 93 路公交终点站乘车到武定西路武宁南路终点站，没走几步就到了性文化展示博物馆。进门后，见一位文绉绉、学者模样的中年人在介绍展览，从文字到实物，语言清晰，一个堂堂正正谦和君子在侃侃而谈，旁人指点说，这位就是刘达临先生。

我曾看到《人民日报》上短评文章《借重科学驱愚昧》，感到短文言之有理，十分醒脑。我确实关心起刘达临先生的性学研究。

性文化博物馆起到了一个普及科学知识，向人类性学愚昧宣战的作用。从“文革”结束，到 1980 年代中后期，民众从有关书籍与小说中才了解到一些性学皮毛。刘达临先生成为上海大学社会学教授，亚洲性学联合会副主席名副其实。他是中国第一位敢于公开向社会开办性学讲座，举办第一个性教育培训班，建立第一个性学学术团体者。他坚持科学性，从社会学、婚姻家庭、性科学研究上起步，碰到不少偏见与困难，他曾对我说，这是小事一桩，坚持下去与国际接轨，让国人了解性科学才是这一工作的基石。

我手边有刘达临先生的著作。特别有一本《中国情色文化史》，上下两册彩色版。内容与插图均十分精致，特别是书中绪论之一《性爱可以影响历史》，从恩格斯的《家庭、私有制和国家的起源》分析，人类社会和历史发展的决定因素有二：一是物质资料再生产，一是人的再生产。它实在是一个颠扑不破的真理，和中国广为流传的一句古话“饮食，男女，人之大欲存焉”是完全一致的。研究其历史，特别是社会学中作为一种个人行为有其客观必要性。绪论之二《反映古人性爱的三篇史诗》，从唐人白行简所作《天地阴阳交欢大乐赋》写起，到清朝时黄遵宪的《新嫁娘诗》，以长诗从一个女子的口吻描述她的婚姻与性生活，娓娓道来，情真意切。第三篇是民国时期的作者王骥叟所作，他因留学日本，见多识广且为人正直，思想比较开明，写了《男女媾精赋》。这三篇文章用作绪论确有显明的特征与深意，本人十分欣赏这三篇绪论。

刘达临先生除开办第一个性学团体和性教育培训班，还有许多第一次。出版第一部《性社会学》，承办我国第一届国际性学研讨会，创建第一份性学刊物，他的工作得到国际上的广泛好评。

1994 年刘先生在德国柏林被授予“赫希菲尔德国际性学大奖”，又在 2001 年在美国被授予“赫柏·林格伦巩固与优化家庭奖”，美国的《时代》周刊把刘先生评价为“引导中国走向幸福的 21 世纪的六个代表人物”之一。刘先生著作等身，不少著作已译成英、日、德、韩文，有的在中国香港与台湾地区出版。

刘先生在中国钻研了一门较为冷僻的学问，他的成功和孜孜不倦地收藏与著述性文化的许多实物与文字会留在中华大地上。刘达临教授是 20 世纪中后期至 21 世纪前 20 年中，中国真正借重科学驱愚昧的性学家，他当之无愧。

提倡写短文章

写文章宜短小精悍，洋洋洒洒的长文章啰唆一番，个别还要反反复复登载，谁愿意去看，特别是当代的青年，有许多人只会“欣赏”网络上的短文字，而有些鱼目混珠的内容害苦了当今的青年。高中生或大学生读者，你千万不要单从网上汲取知识。

应该提倡写短文章，一事一议，让人读得通，看得明。我推荐十几年前，书法家谭克明（别名郭夫）的一篇有关老年人学习书法的文字。

文章应写短而精，能从寥寥数语讲明白道理，而读者能记住文中的中心思想，给人深刻的印象，此文即为佳作。特将此文推荐给各位读者。

临池管窥——浅议老年习书弄墨

谭克明

书法，以其工具单一，操作简单，常被误以为，只要临池不辍，坚持苦练，便可得道成仙。然作为中国文化符号的书法，这门看似简单的艺术，唯一个“勤”字，天岂会眷顾耶！实乃懂美之灵感，与智性之天赋，皆归于字根在人之差异也。

尤且，功夫在书外。清道人李瑞清有言：“学书尤贵多读书，读书多，则下笔自雅。自古以来，学问家，虽不善书，而其书有书卷气。”（《玉梅花庵书断》）汪沄《书法管见》亦云：“后世书固不及魏晋，然必读书之士，出笔见雅人深致。虽点划有象可求，而不博群书，胸次鄙俗者，往往尽力临摹，亦多形似，绝少烟霞气。”

中国当代书坛值顶书法大家林散之曾言：“我写字80来年，才明白：字，不是写出来的，字，是学问养出来的。”深刻！诚堂奥之言也！

投入未必产出，耕耘也未必开花，结果者尤凤毛麟角。吾侪老者，实唯老有所乐，业余爱好者之雅玩墨戏耳。定位在“业余”，调整好心态，旁无他骛，涤除名利杂念，自会乐在其中矣！未审银发一族以为然耶不耶！

回忆大学时的一次考试

2023 年春节，疫情时节在家整理藏书时，找到年轻时在历史系读书时，考试前授课老师布置的考试复习思考题。

“世界上古史”授课老师在学生们再三恳求下出了有 28 题的考前范围。大家推荐我去“叫苦”，能否缩小些考题范围。老师仅在 28 题中的第 11 题“印度河文明有哪些特征?”前用红笔打了个“△”，讲此题是重点。

年岁久远，今天回忆起来，当时，考场中唉声叹气有之，个别女同学边考边流泪，我今日想起还心有余悸。读书要趁年轻，必须用功再用功，你不下苦功夫，怎能应付考试呢?

以上啰唆之语算我对上大学或还未上大学的青年人讲的肺腑之言!

世界上古史复习思考题

1. 试述人类形成的过程。怎样认识劳动创造了人类本身?

2. 氏族公社是怎样产生的? 有哪些基本特征?

3. 原始社会是怎样解体的?

4. 古代埃及奴隶制国家有哪几个阶段? 各阶段各有哪些重大历史事件?

5. 古埃及的金字塔、狮身人首像说明什么问题?

6. 简述西亚（或西南亚）上古历史的大势。

7. 古巴比伦王国的社会有哪些特点？

8. 新巴比伦王国的奴隶制度有什么变化？

9. 犹太教是怎样产生的？

10. 大流士一世的改革有何意义？

11. 印度河文明有哪些特征？

12. 种姓制度是怎样产生的？其实质是什么？阿育王统治时有什么变化？

13. 试评早期佛教的基本教义。

14. 摩竭陀国的兴衰过程怎样？

15. 贵霜王朝时佛教有何变化？

16. 爱琴海文化有哪些特点？荷马时代的社会处于哪一个阶段？

17. 简述雅典国家的形成过程。

18. 斯巴达有什么特色？

19. 简述希波战争爆发的原因、经过及其影响。

20. 雅典的奴隶制民主政治的阶级基础是什么？

21. 伯罗奔尼撒战争标志着什么？

22. 亚历山大帝国是怎样形成的？

23. 古希腊文化有哪些重大成就？

24. 平民和贵族的斗争对罗马社会有何影响？

25. 斯巴达克起义的原因、经过及其意义。

26. 罗马共和制为什么会衰亡？

27. 简述罗马帝国的历史发展过程。

28. 西罗马帝国灭亡的经过和原因。

小小足球队

小时候表兄弟们除逢年过节或家族中有婚丧大事相遇外，需要长辈们相约才能凑在一起玩乐。那天，在长辈带领下，我们男孩相约在公园，可以“疯”玩在一起。

小小足球队于 1958 年摄于上海人民公园草坪。照片中六位老表们大部分均大学或研究生毕业，其中有局、处级公务员、高级工程师、部队专业干部，其中三人在“文革”之前就考入重点大学。可惜的是照片中站在中间的两位已故去。

往事已成旧的记忆，现在照片中的人均已七八十岁了，聚在一起再回忆孩提时的日子真幸福！

书法是继承传统而非打破传统

吾在2019年1月出版了一本《梅岭续集》，其中有一篇谈书法的文章《写字·书法·书法家》，文内不乏批评之语。近几年，眼见书法乱象较前几年有过之而无不及，再谈些想法。

实事求是讲，书法只能是在传统意义上的继承并发扬光大，而不能胡乱打破优良传统。社会上有不少杂耍般的所谓书法艺术，这些“大师”盲书（闭眼写字），射书（注射器写字），泼墨写字，口含毛笔写字等。有些人还用拖把在地上的宣纸上挥洒扭动，跳舞般地书写不成体统的大字，为吸引他人眼球，你展现的不顾笔画字形的怪体字离中国传统书法已千里之外。中国人自己看不懂的字，还堂而皇之展览，你展出丑八怪式的字体，欺蒙观众，教坏孩童，良心何在？

更甚有些艺人，你不去演好你的戏，去唱你的歌，跃身一变而成了“书法家”，一幅字五六千元或几万元，这是哪门子赚钱方法？尊告你还是认认真真去演你的戏，请勿厚着脸皮在国营商店公开出售你那不入眼的“书法”作品。有几位艺人连自己的姓名也未练好，乱涂一气，字体走样，笔顺脱头落襻，一看就十分差劲。真正不顾脸面了，把以前仅有的一点点“光荣历史”抛之九霄云外。想想真滑稽，还有人去捧场，“字不配脸，脸不配字”，一团糟！

中国是一个有特色文化的千年古国，其正能量的特色就是继承正统的意识流，书法更应该走继承之路，你可以在继承之中加深传统则让人称颂，可以写出独特技巧来，因为书法有一个格调和流派问题。书法家的胸怀就是你必须先学做人，有一定的文化底蕴，学好传统历史文化中的方方面面，你有了扎实的文化底气，从文学的营养中努力学习，让自身成为一个有文化的写字人，这才是第一步。

练书法不能心浮气躁，坐不停、立不停，把纸一展，笔一伸就能一气呵成，当你自认为得意非凡时，旁观者中的高手站在一边暗暗好笑，这是哪门神仙在表演？书家人还是先从一点、一竖、一撇、一捺开始，老老实实练习起步，写字是不能有半点虚头滑脑的，你练个十年、二十年，将浮躁之气练没了，可能哪年你会成为“大师”。

我见过不少书法家，任政先生府上去过许多次，见他每日用心练字，练习书写的宣纸不少，仍虚心好学，孜孜不倦成为名家。当代书法家余仁杰同我也是几十年的好朋友，见他每日练字三四小时，练习纸在一间房中可堆成小山，写坏了多少毛笔，用去了多少宣纸，千辛万苦认真坚持，字越写越精。随着看书学习，学问也日渐猛进，字越写越好。他已是上海和安徽两地的书协会员，真乃百炼成钢。

自古至今，写毛笔字是中国读书人一脉相承的传统而千年不变，写毛笔字也成为中华民族文化的承继，这如同画画一样是技巧加用功、临摹加创新，是站立在历史的巨人肩上的写字与画画，要感谢的是前辈书法家。要牢记：如同讲话要让人听得懂，写字要让人看得懂，你决不能写出七歪八倒、扭扭斜斜的字，要扫除书法上的不正之气。

书法须精气神韵集一身，才能称作书法，古时王羲之、柳公权、颜真卿、赵孟頫、草书家张旭等人均是中国历史上有名的书法家，这些大家均没有参加过书协、画协之类，可他们的书法作品将流芳百世、一代代传承下去。

中国的有识之士郑振铎、吴冠中等曾强烈反对过成立书法家协会，理由是书法应是每位文化人都会的雕虫小技，书法也是一门工具。当前，书协、美协成员鱼龙混杂，书法的独特魅力在下降，这是因为有些人要打破传统，靠写几个字赚钱，字没有写好，却敢拿出来糊弄人，则不是风气问题，而是属于人品问题、人格问题。

还是让写字——书法返归本原吧！

党内一律称同志是件好事

贯彻中共中央通过的党内准则是十分重要和严肃的大事，每个党员和党的干部必须遵照执行，不得有半点马虎。平时，党内均称同志，不管是面对你的上级，还是同事，称某某同志多好啊！

一个时期以来，党内称呼变成了“领导”“首长”“老大”“老板”“部长”“局长”“处长”“科长”“零号首长”。你不是部队建制，哪里到处称“首长”还自得其乐。

新中国成立初期，对他人叫一声“同志”是挺热心、舒心、高兴之事。在中央高层也称“毛泽东同志”“少奇同志”“恩来同志”“小平同志”“陈云同志”等，没有人感到心中不快。而称呼的演变，将职务、职称放姓名后说明党内生活开始不严肃，产生不正常的影响。个别企事业单位盛行起低俗风气。随着官衔增多，有些中、小型企事业单位，也普遍拔高办事机构名称，“供销科”可以改成“供应部”，一个小小的“技术科”变成了“技术研究部”，部长之称到处转。有小朋友在学校对同学讲，“我爸妈是部长”“我妈是董事长”，连小孩也知道名称之大，头衔之高是件“光荣”之事。这么多的领导，使党内称“同志”的好风气退步了。这是其一。

其二，中国几千年以来封建时代留存下来的残余思想，根深蒂固的传统影响，侵袭到党内的正常政治生态。党内产生的官本位、等级制、一言堂、个人崇拜、特权思想、人身依附、歌功颂德等会增添专制作风，这就是封建主义一套。多年来，党内称呼上的不正之风的形成，需要我们从古代皇帝“陛下”到七品官制的官衔相称，以史为鉴彻底肃清一下。

其三，上尊下卑思想的铲除不是一朝一夕之事。上面“领导”喜欢听下面工作人员称其官职头衔，虚荣心很盲目，而真正对投其所好的下级，是不识其良苦用心的，养成了一批动机不纯者。那些专事钻营拍马，用尽阿谀奉承，为获取好处不惜当面鞠躬点头，笑脸相迎之人，在仕途不畅时，即刻在背后咬牙切齿痛骂，这完全是因为“上有好者，下必甚焉”，败坏了全党的风气，使“同志”这一称呼黯然失色了。

其四，中国共产党十八届六中全会通过《关于新形势下党内政治生活的若干准则》规定：“党内一律称同志”，这是党内的好规矩、老传统。这就规定党内生活中“书记”“常委”“部长”“局长”不需要满天飞，随意再叫了，这种习惯必须改一改了。党内一律称同志是由中国共产党根本的组织特性所决定的。共产党不能是少数政客为主体的官僚政治团体，更不是帮会，党内的一切目标、事务工作全由党员主体当家做主。

其五，党内一律称同志最亲切，我们是在党内一起工作的战友，党内成员所担负的党的工作职务，是党员干部受大家委托而承担的党的一部分工作，所以，千万不要将党内职务高低或名称，用来作为一种高居于其他党内成员之上的身份和地位，如高人一等、高高在上就是违背了党的性质和为人民服务的宗旨。

党内一律称同志，关键做到“一律”两字。我们党内有好的制度，从党的代表大会到基层党组织的“三会一课”，特别是党内的民主生活会，党内开展批评与自我批评。将党内的好传统、好风气发扬光大。党内一律称同志是件好事，好事要坚持下去，代代相传，在党内形成好的风气。

请重建“书报亭”

2023年3月7日《上海老年报》登了一篇肖振华先生的《你还看报吗?》。这是篇好文章，本人也有同感，值得读者一阅。

我已是70余岁的老人，记得20世纪五六十年代，因上小学、中学，课后与周日最喜欢去的4个地方是南京西路江宁路口的上海旧书店；穿过马路在镇江点心店朝西几家门面的静安区邮电营业所，因为它有几个柜台卖书报杂志；还有一个是新华电影院对面的新华书店和南京理发店边上的市少儿图书店。附近学校学生课外阅读的知识有部分来自这四个地方。

在上海旧书店，我站着看书，营业员也不会大声斥责我，而当我剩下一二角零用钱，还会去淘喜欢看的书籍和连环画小书。总之，我养成看书读报习惯就在中小学时这十年中。

“东方书报亭”不知何时从全上海消失，有人对我讲，原因也不外乎不赚钱，买报看书的人少了，统一撤掉。回忆我家附近200米处曾有3个“书报亭”，我最常去购买《随笔》《读书》《父母必读》《为了孩子》《人文历史》，个别比较贵的书刊如《艺术世界》《收获》等我也购入阅读不少，至今个别刊物还收藏在书橱之中。我感谢书报亭给了我除课堂外的第二课堂的知识，让我写了不少儿童心理学、历史、社会学、政治方面的文章，没有了书报亭，我好像失去了一个好朋友。

肖振华先生讲，“书报也是一种人性的需求，被那些纸质书报团团围住的感觉，是没有办法电子化的。”讲得很贴切，深入读书人的心扉。

个人建议：要尽可能重设书报亭，疫情期间曾使用的核酸亭可改成书报亭，这是有关部门与领导应当考虑之事，如亭中书报不赚钱可以另置一些儿童用品，兼卖小食品、饮料之类。我访问了不少欧美国家，特别是几个大国，马路边上均有这类书报亭，很招人喜爱。

书报亭是宣传党的方针政策与时事的宣传窗口，有大量正能量的国家公开出版刊物、报纸，能传播国家的好声音。希望当今的中、小学生不要沉陷于手机上的不真不假、似是而非的“消息”。让成年人与小儿郎们回归正常的书报阅读中，家庭成为真实感性的书香之家。

我盼书报亭归来，建议有关部门再做些调研，重建上海书报亭，造福上海全市人民。

这是演讲式的对话而非其他

最近，收看两会“部长通道”中领导回答记者的提问，基本上是合格的，可以给人启发和提示。

可是个别领导的答话，其语言的完整和恰到好处是不够的。更不敢恭维某某局某局长的对话，你本应成竹在胸，要构成对答如流的演讲式对话，应生动、形象、准确地侃侃而谈。你却用诗歌朗诵般的声韵和节律，每一句话的最后一个字均拖了个“哇”，什么什么哇！这里那里哇！统计的准确性哇！让听者心烦，就产生了反胃的感觉。

我向个别朋友发了以下一段看法：

“××局长‘哇……哇……’一句话一个哇，哇怎么能讲清问题，哇……哇……哇

正在对话哇！

部长也需要学讲话，怎么讲话吸引人，需从小学学起哇！”

实在是听不下去了，你如果在朗读诗词分高中音、轻重、长短、停顿，诗词中来一个“啊！”一个“呀！”一个“哇！”还有些趣味，如在大庭广众之下，你一句一个“哇”，一言一个“哇”，将现代中国语言提炼后的准确性、鲜明生动性、形

象艺术性、规范性的特色全部在“哇……哇……”中给舍弃了。

20 世纪 80 年代末，上海演讲学会刘德强教授与我和茅老师商量，是否在干部学历班课程中设置“演讲学”课。我是上海第一批演讲学会会员，当然十分同意。可是这课程设置要同中央党校一致、统一。校领导否定了这一提议。后来我们单独开设讲座课，在业余时开这门课，发结业证书，广受学员欢迎，好评声不断。

干部听了这门课，注意到自己在单位发言的水平，讲话、对话、辩论，根据演讲式语言的特点，工作、生活中具有一定思想内容的谈话上升到具有艺术感染力，这多么重要啊！讲话得体能改变你整个形象。刘德强会长在职时到全国各地去上这门课，得到了百分之一百的好评，听课的各级领导获益匪浅。

其实，记者提问后回答，如同学生在课堂上“回答问题”，要求提高思维和语言表达，经过大脑思考后迅速形成口头语言。老师对学生讲，讲话必须精练，回答问题要答对题意，不要用“虚词”，语气助词不能乱用。我们读古文时，有“夫子曰……”“夫”乃语气助词，是古时开篇讲述之前的语气设置，如：孔子怎么讲、孟子怎么讲、如何表述心意，但这些语言结构式的文言特色在现代语言之中早就不用了。

当学生时，我们亲戚中乃至身边同学中也有类似毛病，回答问题，先口出一个音“出”或“诺”，句后有的同学会“啊”“呀”“哇”。因为孩童时思维跟不上老师的提问内容，停顿时用个别音节，出现在句子前或句子后，完全是思维跟不上口语化的对答。另一种，孩童们是“叼”嘴和“隔”嘴（指口吃）。

读小学时班上还有同学，讲话讲不出时会拍三五下大腿，才能吐出一个词或句，然后开始讲话，则此类毛病有时会从语言自卑转化为心理毛病，必须及早及时在教师、家长的督促和管教下改正，通过心理疏导才能解决。

有位日本前首相能言善辩，其实他儿时还有口吃缺陷，他从小一个人到无人的树林去大声朗读，纠正自己的发音，从心理上克服自己的口吃缺陷，不怕对话、不怕长时间讲话，经过刻苦训练而成为一个演说家。否则，你当上首相后还“隔”“隔”讲话，你的威望何存？

相信这位部长的答话，再上荧屏转播时，经过字音修正已将“哇”字去掉了，可当时收看收听这位部长讲话的“哇”“哇”之声已传遍荧屏，深入人心了。遗憾的是，你从基层当干部起，养成的讲话坏习惯，没有单位同事提醒吗？作为一个教训，讲话树立你的形象和威信却是实在的，这一点古今中外，从百姓到领导者均是一样的。

一本裁判员证书

父亲是一名乒乓球裁判员，新中国成立初期，他还是上海闸北区队的乒乓球员，几位表兄对我讲，他们去看过父亲的比赛。父亲一生爱好体育，供职上海华联乒乓球厂，他爱好打排球、踢足球，更爱好打乒乓，是乒乓球一级运动员、二级乒乓球裁判员。

十年动乱初，从北京传到上海，称容国团、傅其芳、姜永宁三位元老级乒乓人都自杀身亡，上海也有几位高级别的裁判员受到批斗。不知是否出于这些原因，父亲硬要将裁判员证书撕掉。我当时虽然只有 15 岁，匆忙中从父亲手上“救”下了这本证书，但父亲的照片已从证书上消失了。半个世纪后的今天想想，一般的裁判工作人员有何错呢?

从父亲评上二级裁判员起，1957—1960 年 6 月记录在裁判证书上共有 21 次工作记录，除乒乓球赛名称、项目、时间、地点、竞赛会负责人签名盖章外，在备注栏上也有不少记录。

父亲在北郊联赛，上海锦标赛，少年锦标赛，上海选拔赛，闸北区选拔赛，市二届运动会，上海工人乒乓球赛，1960 年全国职工锦标赛，在江苏、河南、浙江、江西等省乒乓球友谊赛等比赛上担任裁判工作，经常会集中住宿在市体育宫、江湾体育馆、精武体育分会等处。竞赛负责人签名盖章的有李龙

等級
裁判員證書

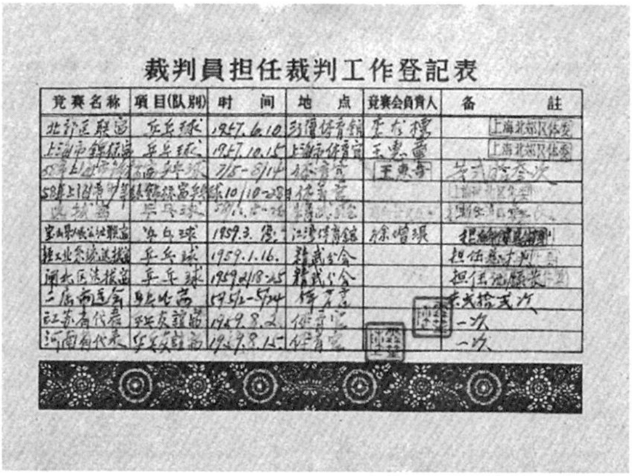

裁判員担任裁判工作登記表

竞赛名称	項目(队别)	时间	地点	竞赛会負責人	备註
北郊区联赛	乒乓球	1957.6.10	江湾体育馆	[illegible]	上海北郊区体委
上海市锦标赛	乒乓球	1957.10.15	上海市体育馆	王惠章	上海北郊区体委
58年上海市[illegible]	[illegible]乒乓球	7/15–8/14	体育馆	王惠章	[illegible]
58年上海市青少年[illegible]	[illegible]锦标赛乒乓球	10/10–28日	体育馆		[illegible]
选拔赛	乒乓球	[illegible]	[illegible]	[illegible]	[illegible]
宝山[illegible]联赛	乒乓球	1959.3.[illegible]	江湾体育馆	徐增琨	[illegible]
[illegible]选拔赛	乒乓球	1959.1.16.	精武公会		担任[illegible]
闸北区选拔赛	乒乓球	1959.2.18–25	精武公会		担任[illegible]
二届[illegible]运会	[illegible]	1959.[illegible]	体育馆		共式拾式次
江苏省代表	乒乓友谊赛	1959.8.2.	体育馆		一次
河南省代表	乒乓友谊赛	1959.8.15.	体育馆		一次

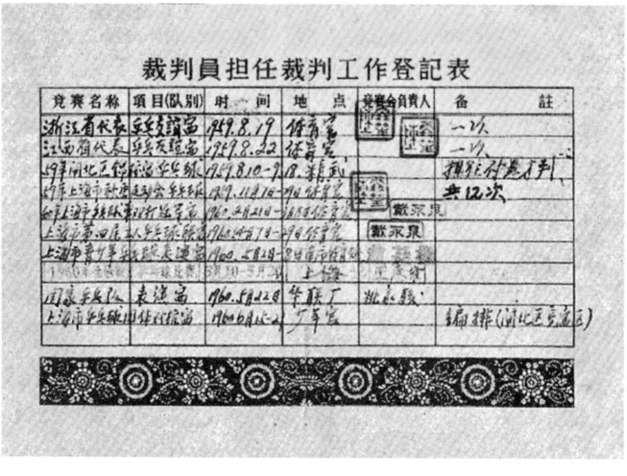

裁判員担任裁判工作登記表

竞赛名称	項目(队别)	时间	地点	竞赛会負責人	备註
浙江省代表	乒乓友谊赛	1959.8.19	体育馆		一次
江西省代表	乒乓友谊赛	1959.8.22	体育馆		一次
59年闸北区锦	标赛乒乓球	1959.8.10–9.18.	精武		[illegible]裁判
59年上海市欢庆	运动会乒乓球	1959.11月1日–[illegible]	体育馆		共12次
60年上海市乒乓球[illegible]	[illegible]赛	1960.5月21日–[illegible]	体育馆	戴永泉	
上海市第四届工人乒乓球锦标赛		1960.[illegible]	体育馆	戴永泉	
上海市青少年乒乓球表演赛		1960.5月2日–[illegible]	[illegible]市体育馆	[illegible]	
1960年全国[illegible]	乒乓球比赛	5月30–5月[illegible]	上海[illegible]		
国家乒乓队	表演赛	1960.5月22日	华联厂	[illegible]	
上海市乒乓球[illegible]	[illegible]赛	1960.6月15–[illegible]	[illegible]		编排(闸北区[illegible])

标、徐增琪、赵廷樑，有国家级裁判戴永泉和王惠章等人。乒乓球赛均十分正规，受体育运动委员会直接领导与指导，所以1950年代至1960年代在上海的体育运动推广中乒乓球运动广受上海市民欢迎，比赛球票经常是一票难求。

1959年1月，轻工业系统举行乒乓选拔赛，父亲任总裁判长；1959年3月，宝山县人民公社联赛时任副总裁判长；特别是1960年5月22日，国家乒乓球队参观上海华联乒乓球厂，即今天的上海乒乓球厂，向全厂工人作表演赛，当时徐寅生、李富荣、庄则栋、张燮林、林惠卿、郑敏之等人挥拍上场，父亲当然客串裁判员。我当时八九岁，父亲的业余爱好对我来讲根本没有体会。有时在什么地方比赛，我与几位表兄相约去看球，我只关心父亲是否出场当裁判，其他什么运动员、比分等我都不关心。当我拿起球拍也想在小学挥几下时，父亲患上严重的高血压。十年动乱前几年，父亲有时去担任一两场裁判工作，有时仅去观摩一下。

至于父亲为何要撕掉裁判员证书，可想当时他的心情是极糟糕的。我曾问过父亲，你有这么多二级裁判员工作经历，怎么不能评上一级？他曾笑着对我说，我不是党员，另外，体育裁判员评等级也有些不可告人的情况。

今天，我写这篇文字，是怀念父亲。他是一名好父亲，乐观、风趣、幽默、爱运动、爱助人的形象永远在我们兄妹心坎上。

师 傅

2023 年 3 月 16 日下午，我应师傅之约去他居住的甘泉街道合阳小区上“二十大新党章解读”党课，济济 80 多名党员，一眼望去全是白发老人，但个个精神饱满，增添了我上好课的信心。课后返家时接到师傅的 8 个字短信：讲得很好，深入浅出。

记得 55 年前，我 17 岁从学校直接分配进入瓶子厂当学徒，“文革”中能分配进工厂当工人十分幸运。最先，我的指定师傅杨定华，当过市劳模，但进厂不久杨师傅去了工宣队，我的师傅转为赵昌星师傅。赵师傅 30 多岁，人较瘦，但十分精练，金工活样样上手，技术特别棒。据厂部班子个别人透露，原本我的师傅就定为赵师傅，为何当时不直接宣布呢？

赵师傅待人十分和气，有知识、有远见，一看就同其他师傅有许多不同。原来赵师傅戴过“右派”帽子，反右时他是团区委机关党支部书记，为了发动全党投入运动，这位 23 岁的年轻党员不讲假话，自己反被戴帽送去乡下劳动。摘帽后已到“文革”之前，分配到瓶子厂当工人。

在赵师傅的带教下，我技术猛进，不多久，在我还未 3 年满师时就让我负责金工车间，当了学习组长，一个班内有金工、木工、电工、水泥工等近 20 位老师傅，我当时还不到 20 岁，深感压力不小。

党课《深入学习党章，推进
新时代党员队
建设
20大党章
的
义》
姚文仪

赵师傅知道我身体弱，只有 120 斤左右，身高超过 1. 80 米，人瘦且没有力气，许多重活不让我做，去车间修机器的活让师傅给包了。记得有一次，精加工大转盘油缸套，要扶稳“铜婆丝”并压入钢件中，师傅要我用 24 磅大榔头一记记敲铜套入油缸中，我一是胆小，二是没啥力气，心急慌忙一榔头下去，滑到赵师傅手上，看到师傅手肿了起来，我心想闯祸了，可师傅没埋怨我一声，反而安慰我没关系。我心中除埋怨自己外，深感惭愧，至今，常想起这五十多年前发生之事还心中作痛。

赵师傅常开导我，有了成绩不要骄傲，要夹紧尾巴做人，经常检查自己不足，才能不断进步。当厂内推荐我去职工大学学习，以后回厂当了厂校教师后，师傅还经常关心我。特别当我到大学历史系学习后调入市委党校工作，赵师傅也为我由衷高兴。他说：“什么人干什么事，要符合他自身的各方面条件才能发挥他的最大作用。”“小姚能写能讲，去干自己想干的工作是件好事，但牢记要谦虚谨慎，千万不能骄傲自满。”

十一届三中全会后，组织上全面彻底为师傅平反，师傅也第一时间向我透露此事，他彻底恢复名誉和党籍并又一次走上领导岗位。20 多岁时赵师傅工作能力就极强，他除了有坚定的党性外，还有实事求是的工作作风。赵师傅从工厂领导到研究所、到公司、最后担任大局的组织处处长，他干一项工作就搞好一项工作，他团结同志，按党的干部政策一丝不苟做好组织交给的每项工作。熟悉师傅的同志都称赵昌星同志为“党的好干部”，我为有这样的师傅感到十分高兴和自豪。

我进入党校后，有了点滴成绩也向赵师傅汇报，特别是本人退休后成为区理论宣讲员，师傅联系我去原工作的工业局向离退休干部上了两次党课，这就算我向党组织和师傅的汇报吧！现在师傅已 91 岁，我也已 72 岁了，我与师傅的感情永不断，而师傅永远是我学习的榜样，遇上大事不慌乱、受了委屈不埋怨、取得成绩不满足，永远当个老实人，一心一意跟党走。

3 月 16 日下午，我告诉师傅，退休后我给基层党员上了 270 堂党课，今天，是第 271 堂课。讲完后，我们师徒俩都笑了起来。

一首《香椿》诗

同事赵兄喜欢种些蔬果在自家的庭院中，前天，突然在微信群上见到赵兄发的几帧自种的香椿彩照，且附上一诗《香椿》。彩照拍得好，我更欣赏那首《香椿》小诗，连声称妙。

两天后，赵兄对我讲此诗不是他的大作，千万不要对人讲是他的作品。而我因为太爱此诗，也不知天高地厚动手改了诗中的第三、四两句。

香　椿

山珍梗肥身无花，
叶娇枝嫩多杈芽。
长春不朽汉王愿，
食之老齿竟留香。

改了两句诗后，本人心中忐忑不安。查了一下诗的出典。原来此诗作者康有为，《咏香椿》是康有为的大作，虽短但十分受后辈的好评。我因不知此诗乃康有为作品，改动后愿意诚恳接受诗词爱好者的批评。

改革开放精神是当代中国人民最鲜明的精神标识

在2018年举行的庆祝改革开放40周年大会上，习近平总书记深刻指出："改革开放铸就的伟大改革开放精神，极大丰富了民族精神内涵，成为当代中国人民最鲜明的精神标识！"

1978年12月，在党和国家面临何去何从的重大历史关头，我们党召开十一届三中全会，开启了改革开放和社会主义现代化的伟大征程。从开启新时期到跨入新世纪，改革开放和社会主义现代化建设的伟大成就举世瞩目，我国实现了从生产力相对落后的状况到经济总量跃居世界第二的历史性突破，实现了人民生活从温饱不足到总体小康、奔向全面小康的历史性跨越，推进了中华民族从站起来到富起来的伟大飞跃。党的十八大以来，以习近平同志为核心的党中央领导全党全军全国各族人民砥砺前行，全面建成小康社会目标如期实现，中华民族迎来了从站起来、富起来到强起来的伟大飞跃！党的十一届三中全会是划时代的，实现党和国家工作中心战略转移，开启了改革开放和社会主义现代化建设新时期。党的十八届三中全会也是划时代的，对经济体制、政治体制、文化体制、社会体制、生态文明体制、国防和军队改革和党的建设制度改革作出部署，实现改革由局部探索、破冰突围到系统集成、全面深化的转变，开创了我国改革开放新局面，各领域基础性制度框架基本确立，许多领域实现历史性变革、系统性重塑、整体性重构；实行更加积极主动的开放战略，构建互利共赢、多元平衡、安全高效的开放型经济体系。改革开放极大改变了中国的面貌、中华民族的面貌、中国人民的面貌、中国共产党的面貌。40多年来，我们解放思想、实事求是，大胆地试、勇敢地改，干出了一片新天地，使改革开放成为当代中国最显著的特征、最壮丽的气象。伟大改革开放精神是中国共产党人精神谱系的重要组成部分，是党和人民弥足珍贵的精神财富，是激励新时代改革开放再出发、更好坚持和发展中国特色社会主义的强大精神动力。

习近平总书记强调："改革开放每一步都不是轻而易举的，未来必定会面临这样那样的风险挑战，甚至会遇到难以想象的惊涛骇浪。"踏上实现第二个百年奋斗目标新的赶考之路，摆在我们面前的使命更光荣、任务更艰巨、挑战更严峻、工作更伟大。改革开放已走过千山万水，但仍需跋山涉水，当前，改革又到了一个新的历史关头，很多都是前所未有的新问题，推进改革的复杂程度、敏感程度、艰巨程度不亚于40多年前。立足新发展阶段、贯彻新发展理念、构建新发展格局、推动高质量发展，全面深化改革开放，要弘扬伟大改革开放精神，以更大的政治勇气和智慧，坚持摸着石头过河和加强顶层设计相结合，不失时机、蹄疾步稳深化重要领域和关键环节改革，更加注重改革的系统性、整体性、协同性，提高改革综合效能；统筹发展和安全、效率和公平、活力和秩序、国内和国际，坚定不移推进高水平对外开放，推动规则、规制、管理、标准等制度型开放，不断增强我国国际经济合作和竞争新优势。改革开放只有进行时，没有完成时，改革开放永远在路上！

实践充分表明，改革开放是我们党的一次伟大觉醒，正是这个伟大觉醒孕育了我们党从理论到实践的伟大创造；改革开放是中国人民和中华民族发展史上一次伟大革命，正是这个伟大革命推动了中国特色社会主义事业的伟大飞跃。在新的伟大征程上，让我们更加紧密地团结在以习近平同志为核心的党中央周围，高举中国特色社会主义伟大旗帜，不忘初心，牢记使命，将改革开放进行到底，不断实现人民对美好生活的向往，在新时代创造中华民族新的更大奇迹！创造让世界刮目相看的新的更大奇迹！

（本文由普陀区老干部宣讲团季国强协助整理）

后 记

《古今漫笔》花了近两年时间，在空余时间写写停停，兴起时连续几天，十余小时伏案也不觉辛苦。在脑海中还有不少内容可写成文字，或有些零星的历史资料，或对近世身边的直观踪迹有所思而可以写出来，作为一个回忆总有一个停步之点，太长、太繁杂、太啰嗦的文章受众不会太广。

本人退休后在林丙义教授和自家亲属的鼓励下完成第一本文史随笔《梅岭集》，由中西书局二〇一二年十一月出版；第二本随笔散文《梅岭续集》，由上海社会科学院出版社二〇一九年一月出版。在两本文集出版后，林先生又交给我任务，编写北京高等教育出版社《中国通史·中华人民共和国时期》。我虽然查资料、看资料等十分辛劳，但总算成功完成十八万字左右稿子，虽出版社三审完成却不知什么原因致《中国通史》第三版至今还未面世。

在中国共产党百年华诞之际，本人在二〇二一年一月将退休后被区宣传部、老干部局、街道党校聘为理论宣讲员时为基层党员上了250堂党课的内容，编成一本《理论与实践》，提纲挈领地将宣讲的主要内容和每堂讲课提纲编成通俗易懂的读物，算是向党组织作了一次系统汇报。

《古今漫笔》是在完成以上四本著作后动笔的第五本书，

自己感到能为繁荣中华文化贡献小小力量而高兴。本书分两部分，一是“文史拾零”，二是“长短闲谭”。近两年时间里疫情虽盛，而恰好在家中安安静静动动脑筋写写文章。阅读大量的书籍资料，用实事求是的考证，迫使自己丰富对历史资料与现实世界的思考与理解，这一点是比出一本拙作更高兴、更深感有存在意义之事。

我感谢导师林丙义教授，他对本书提了不少宝贵意见，又亲自为我作了序，付出了不少心血。林丙义先生是上海文史研究馆资深馆员，上海第八、九届政协委员。咱们俩从二十世纪七十年代就认识，我长期得到林先生各方面的指导和帮助，感激之情不能言表，他的恩情永记心田。

本书有不足之处，请各位阅读者批评指正。

姚文仪

2023 年 4 月